オルタナ日本 [下]

日本存亡を賭けて

大石英司
Eiji Oishi

C★NOVELS

絵・挿画　安田忠幸

目次

登場人物紹介

日本

〈陸軍〉

土門康平《どもんこうへい》　陸軍中将。特殊作戦群群長。

〔原田小隊〕

原田拓海《はらだたくみ》　陸軍少佐。軍医。東京ＥＲで研修中だったが、インターン生活を終えて第四〇三本部管理中隊Ａ小隊小隊長に復帰した。

畑友之《はたけともゆき》　元兵曹長。人生の大半を軍で過ごし、陸軍を辞めて地元に戻る。今は広域消防団の分隊長。コードネーム：ファーム。

高山健《たかやまけん》　コードネーム：ヘルスケア。

大城雅彦《おおしろまさひこ》　コードネーム：キャッスル。

待田晴郎《まちだはるお》　兵曹長。コードネーム：ガル。

田口芯太《たぐちしんた》　一等水兵。コードネーム：リザード。

比嘉博実《ひがひろみ》　一等水兵。コードネーム：ヤンバル。

吾妻大樹《あづまだいき》　コードネーム：アイガー。

〔姜小隊〕

姜彩夏《かんあやか》　陸軍少佐。土門の副官。

漆原武富《うるしばらたけとみ》　コードネーム：バレル。

福留弾《ふくとめだん》　兵曹長。コードネーム：チェスト。

井伊翔《いいかける》　コードネーム：リベット。

水野智雄《みずのともお》　兵曹長。コードネーム：フィッシュ。

御堂走馬《みどうそうま》　コードネーム：シューズ。

姉小路実篤《あねこうじさねあつ》　コードネーム：ボーンズ。

川西雅文《かわにしまさふみ》　コードネーム：キック。

由良慎司《ゆらしんじ》　コードネーム：ベビーフェイス。

阿比留憲《あびるあきら》　コードネーム：ダック。

赤羽拓真《あかばねたくま》　コードネーム：シェフ。

［陸軍東京衛生学校］

司馬光《しばひかる》　陸軍心理戦研究班班長。

〈空軍〉

佐《さ》原《はら》幸《こう》司《じ》　空軍長官。

〔第五航空艦隊〕

岩《いわ》切《きり》仁《ひと》史《し》　海軍少将。第五航空艦隊司令官。

〈西方航空方面団〉

碧《あお》葉《ば》傑《すぐる》　空軍中将。防空作戦の指揮をとる。

久《く》利《り》須《す》冴《さえ》子《こ》　空軍少将。参謀長。

神《かみ》隼《はや》斗《と》　空軍中佐。飛行第五〇戦隊隊長。コールサイン：ホーク。

〈海軍〉

郷《ごう》原《はら》智《さとる》　海軍中将。連合艦隊司令長官。

淵《ふち》田《た》祐《ゆう》太《た》朗《ろう》　海軍大佐。艦隊航空参謀。

相《あい》田《だ》真《ま》理《り》子《こ》　海軍大佐。艦隊作戦参謀。

堀《ほっ》田《た》輝《てる》正《まさ》　大佐。〝加賀〟艦長。

《警視庁》

小《お》辻《つじ》守《もり》雄《お》　警視正。警視庁、特殊公安係参与。初老の男で近寄りがたい殺気が溢れている。

［〝響〟リニア・コライダー研究所］

名《な》越《ごし》堅《けん》太《た》郎《ろう》　〝響〟リニア・コライダー研究所所長。

［東京大学カブリ数物連携宇宙研究機構］

羅《ら》門《もん》正《まさ》宗《むね》　准教授。専門は宇宙物理学全般。

日《ひ》影《かげ》宗《むね》貞《さだ》　理論物理学博士。〝進化限界説〟を提唱した。

井《い》口《ぐち》荘《しょう》司《じ》　元岐阜県警刑事。日影の元で生活している一人。

香《か》菜《な》　日影の世話をしていた、施設の古株。

平《たいら》憲《のり》弘《ひろ》　元伍長。今は広域消防団の団員。畑友之と同じ時期に陸軍を辞めて地元である平泉に戻った。

中国

《人民解放軍》

〈空軍〉

黄《ホアン》宏大《ホンタァ》　空軍少将。

〈海軍〉

蔡通《ツァイトン》　海軍中将。東海艦隊司令官。

韓芹《ハンチィン》　海軍少将。

〈陸軍〉

銭星《チィエンシン》　陸軍少将。空挺部隊の指揮をとる。ロシア軍とともに人民解放軍を率いて日本に降りた。

方冠英《ファンクアンイン》　陸軍少将。

邱一智《チィウイーチィ》　陸軍大佐。参謀長。

杜桐《トゥトン》　中尉。旅団本部付き偵察小隊を指揮する。

雷弘《レイホン》　人民解放軍・陸軍中佐。日本での肩書きは小さな貿易会社の専務。

盧立新《リュリィシィン》　少佐。雷弘の部下。日本の肩書きは係長。

孔永革《コンヨンコ》　精華大学教授で理論物理学者。スタン《S》フォード《L》大学国立《A》加速器研《C》究所で日影宗貞と一緒に研究していた。孔娜娜《コンナナ》の父親。

呉正麗《ウジェンリー》　博士。孔永革博士の妻。

孔娜娜《コンナナ》（榎田萌《えのきだもえ》）　孔永革の娘。〝ヴォイド〟から突然現れた。この世界の命運を握る女性。

ロシア

〈空軍〉

エフゲニー・キム　空軍少将 。中国空軍のカウンターパート。

〈陸軍〉

ユーリ・ガガーノフ　陸軍少将。ロシア軍を率いて日本に降りる。

アレクセイ・ボロディン　大佐。第45独立親衛特殊任務連隊、スペツナズ部隊の指揮をとる。

オルタナ日本　下　日本存亡を賭けて

一九八九年、中曽根《なかそね》政権は、悲願の自主憲法制定を成し遂げた。
そのことによって、日本は、もう一つの歴史を歩みはじめる——。

第九章　奥州平泉

世界は、シンクと呼ばれる奇妙な現象に襲《おそ》われていた。

それはある日、突然出現し、周囲のあらゆる物体、空気、水、光子までをも飲み込み、現れた時と同じようにふいに消えていく。

水中、地中、空中と、出現する高度も選ばず、規模も様々だったが、最初南米に発生したこの現象は徐々に北半球へと広がり、規模も巨大化しているようだった。

地球は今、このシンクに飲み込まれ、文明社会は潰えようとしていたのだ。

東京の奥多摩《おくたま》でも中規模のシンクが発生し、雲《くも》取山《とりやま》で被害が出ていた。人的被害は無かったが、南に位置する山梨県大月《おおつき》市の廃校では、別の騒動が発生していた。

シンクが収まった途端、物理学者を誘拐《ゆうかい》して立て籠もった人民解放軍と、陸軍の間に戦闘が発生するが、人民解放軍は制圧され、いったん事は収まったかにみえた。ところが、そこに新たなシンクが発生した。

その場にいた全員が死を覚悟したが、だがそれはシンクではなかった。シンクに似た真っ黒な球体ではあったが、何も飲み込まず、逆に一人の女性を吐き出して消えたのだ。

その女性は、しばらくは自分の名前以外、何一つ思い出せなかった。だが、この場にいた中国人物理学者の娘で、人質奪還作戦を指揮していた日本陸軍少佐の妻だと言った。二人の男の顔だけは覚えていたようだ。

状況は、あまりにも複雑怪奇だった。

雲取山に発生したシンクは、気圧の急激な低下を招き、付近は高度八〇〇〇メートルとほぼ同じ気圧になった。それは気温の低下も招いて、学校と集落を隔てる渓谷の小川は、今もまだ凍りついたままだった。

地上の気温は戻りつつあったが、強風がまだ吹いている。路上に放置された多くの車両が吹き飛ばされ、何台かはシンクに吸い込まれたものと思われた。

人民解放軍がここに来たのは、日本人のある天才物理学者を誘拐し、自国が誇る天才物理学者に会わせるためだった。

その二人——日影宗貞《ひかげむねさだ》博士と孔永革《コンヨンコ》博士は親子ほども年が離れていたが、素粒子論と宇宙物理学の俊英《しゅんえい》として、シンクが出現するまで、廃校となった小学校の教室で熱く語り合っていた。

信州の山奥で仲間とともに世捨て人として暮らしていた日影は、すでに全てを諦めていた。人類に何かができるとは露ほども思っていなかったが、孔博士は最後の瞬間まで諦めるつもりはなかった。

孔博士と娘の孔娜娜《ナナ》は、廃校の校庭で感動の再会を果たした。

そこには投降した人民解放軍兵士と、陸軍特殊作戦群の兵士、日影の隠遁《いんとん》生活の仲間に、日本側を代表して二人の研究に立ち会っていた東京大学カブリ数物連携宇宙研究機構の羅門正宗《らもんまさむね》准教授もいた。

全員が、親子の再会に呆然としていた。なぜならその娘は、ずっと前に交通事故で亡くなったと聞かされていたからだ。

やがて集落の公民館に指揮所を開いていた陸軍と警視庁特殊公安係の幹部らが、ワゴン車に乗って駆けつけた。突然現れたシンクが一瞬にして消え去ったことで、何が起こったのか説明しろと迫ってきたのだ。

「いったい何が起こったんだ？」

陸軍特殊作戦群群長の土門康平《どもんこうへい》中将が、羅門に質した。

羅門は両手を広げて「さあ、われわれもさっぱりで」と応じた。

親子は今、早口の北京語で会話している。それを理解できる日本人は、土門一人だった。土門は北京語で孔博士に尋ねた。

「孔博士、あなたのお嬢様は十数年前、沖縄《おきなわ》で事故死しているはずですが」

「ああ、そうなんだ将軍！　ところが、娘がいた世界では、どうやらわれわれが死んで娘が生き残ったらしい」

孔博士は、娘の顔を眩しそうに見つめながら言った。

「娘がいた世界とは、どういう意味ですか」

「別の次元の別の宇宙という意味だ。安っぽい言葉で言えば、パラレル・ワールド《平行世界》ということになる」

「そんな、馬鹿な――」

「馬鹿げていてもいいさ。こうして再会できた」

娘は軽い目眩《めまい》が続いているようで、時々よろけそうになっていた。

「教室に入って、座ろうか」

「ええと……これは何とか言う症状で、確か、断裂《だんれつ》記憶障害。私が名付けたんだわ……」

娘は、突然今度は流ちょうな日本語で喋り始めた。

「あなたは、どうして日本語を話せるんだ」

「どうして、かしら……。思い出せない。とにかく私は空間というか、壁を越えてきたわけで、そうすると、その副作用で、しばらく記憶が飛んだり混乱したりするんです。私はその症状を研究している。でも医者じゃなくて、物理学者のはず。ねえ、ダーリン」

そう言いながら、コマンド部隊の小隊長であり軍医でもある原田拓海《はらだたくみ》少佐を見つめた。

「ダーリン？　説明しろ、少佐」と土門が表情を強ばらせた。

「彼女はそう言うのですが、自分には何とも……」

「いったん落ち着きましょう」

ここで羅門が提案した。副官の姜彩夏《かんあやか》少佐も
「将軍、〝響《ひびき》〟の問題に対処しませんと」と進言した。

「ああ、そうだった。〝響〟が占領されつつある。人民解放軍がロシア空軍の輸送編隊で押しかけ、空挺降下してきた。われわれがここにいてはどうにもならん。しばらくは現地部隊に任せるしかないだろう。俺の勘だが、おそらくこちらの方が優先だ。博士は政府や軍から、何か聞いていませんか」

土門は再び北京語で孔博士に質した。

「ヒビキで？　まさか。何をすればいいのかもわからないのに、粒子加速器を乗っ取っても無意味だ。だが、そうだな……初期にそういう話を党の幹部にした記憶はある。何か解決策が見つかるとしたら、鍵《かぎ》は粒子加速器だろうとは伝えたよ。連中はあんな話を真に受けたのか……。国連なり、日本の科学技術省なりに要請すれば済む話なのに」

「とにかく皆さん、お嬢様はお疲れのようだし、椅子がある場所に移動しましょう。教室内は安全なはずです」

「いいだろう。後始末は地元部隊と警視庁に任せる」

二人の天才が滞在していた教室は窓ガラスが全て無くなっていたが、ガラスの破片はひとかけらも残っていなかった。持ち込まれたホワイトボードも、一台を除き全てシンクに吸い出されていた。数式がびっしりと書き込まれたホワイトボードの中央に、古びた写真がマグネットで止めてあった。それだけはなぜか残っていた。

孔博士は、娘をそのホワイトボードの前に連れていった。

「覚えているかい？　この写真を撮った日のことを」

「確か、沖縄の水族館で撮った写真でしょう？　この夜、事故が起こった」

「ああ、そうだ。私は最愛の娘を失った」

「私は……良く覚えていないわ。あの後、何があったのか」

土門は教卓の上に肘を突いて「羅門先生、説明してくれないか。いったい何が起こっているんだね」と尋ねた。

「乱暴な説明になりますが、彼女は、平行世界からきた人間で、彼女が元いた世界では孔博士は亡くなっている。そして向こうの世界で彼女は原田少佐と結婚していたということでしょう」

「その平行世界とやらは、マンデラ病で言う〝盗まれた中国〟のことなのかね」

「その可能性は低いでしょうね。彼女が何かの高度技術でこちら側に来たとすれば、技術力はわれわれより半世紀近くは進んでいる。〝盗まれた中国〟は、別に科学技術が進んでいるわけではありません。単に世界情勢が違うというだけです」

「では、この世界を救えるのか？」

「そうであることを願いますが、彼女はまだ記憶が混乱しているようだ」

　羅門は話が弾んでいる親子の背後に近寄ると
「申し訳ないですが、さっきメモのようなものを手にしてましたよね」と彼女に聞く。

「ああ、そうだったわ！」

　娜娜はすぐにジーンズのポケットに手を入れると、メモの束を取り出した。五枚ほどあり、裏表にびっしりと文字が書き込まれている。それは日本語で、数式だらけのメモもあった。頁《ページ》ナンバーも振ってある。彼女は一枚目を読み上げた。

「ええと……私の日本名は榎田萌《えのきだもえ》で、これは養子として迎えてくれた親切な父親の姓です。私は天才物理学者で……これ、自分で書いたのかしら？　恥ずかしいわ。これを読んでいるあなた、つまり私は、ヴォイドで時空を超えたことで酷い断裂記憶障害に陥っている。あなたの記憶は混乱し、自分が何者かも思い出せないはずだが、それは時間が解決する。いずれ記憶は再統合される。数日かかるかもしれない。そして、あなたは世界を救いにきたのではない。おそらくは救えない。最愛の夫と最後の瞬間を過ごすために来た。原田拓海を探せ。彼は、どの宇宙でも軍人のはずだ」

　そこで彼女は、ふと何かに気づいたように視線を上げた。

「へぇ、パパがこの世界で生きていることは想定外だったんだ。でも、量子もつれのおかげね。ダーリンの元にジャンプした」

「つまり、あなたの世界は平行世界を往き来する技術力があり、あなたはどこかの宇宙で原田少佐と結婚していたが何らかの事情で離ればなれになった？」

「そういうことね。でも愛していたことだけはしっかり覚えている！」

榎田萌は、困惑する原田に満面の笑顔を注ぎながら喋った。

「あなたのことはどう呼べばいいですか。孔博士？　それとも榎田博士？」

「どちらでもいいけど」

「そのメモを拝借してもよろしいですか。あなたの記憶を回復する手助けができるかもしれない。……この数式は、ちょっと私には理解できませんが」

「副官！　これをスマホで写メして、拡大プリントしてこい。ただし、最高機密だ。誰にも知られてはならん。必ず君自身の手でプリントしろ。この情報はまだ特高にも渡せない。それでよろしいですな？」

土門は特殊公安の小辻守雄《おつじもりお》警視正にも念押ししした。

「……われわれが手にしても、情報を照会する先は同じでしょう」

姜少佐がメモ用紙を机の上に並べ、スマホで撮りはじめた。

萌はホワイトボードに近寄ると、マジックを持ってある数式に否定の横線を引いた。

「パパ、この理論はすでに否定されました。それと、ここのn乗は間違いね。こっちの定数3－2乗は、3乗の間違いだと最近わかりました。遅れているわね。私たちの世界より全然遅れている……。あと、これはT対称性はもたない。この演算子は全部でたらめね」

「お前は私より頭がいいのか」と父が尋ねた。

「パパとママの遺伝子を掛け合わせたのよ。天才なのは当たり前でしょう！　でもまだ自分がどういう天才なのかわからないけれどね。ああ、お水をもらえますか。〝ヴォイド〟を超えると、体力を消耗《しょうもう》するの」

「〝ヴォイド〟？　あれは〝ヴォイド〟という現象で、人工的なものなのですか」

そう羅門が聞いた。

「らしいわね」

「不思議だ。私もあれを見た瞬間、あれはシンクではなく、〝ヴォイド〟という現象だと閃《ひらめ》いた」

「……自分もそうです。あれはシンクではなく〝ヴォイド〟だと思った」

同じく原田が言った。

「そう、シンク！　シンクよ！　向こうでもシンクが発生して、地球が滅亡しかけている。原因は何だったかしら。……思い出せない」

「ガル、司馬《しば》大佐を至急連れてこい！　彼女の専門だ。一分でも早く彼女に記憶を取り戻してもらわなきゃならん」

土門は原田の部下に命じた。

人質として連れてこられた日影博士の農場メンバーである香菜《かな》が、全員分のコーヒーを運んできた。土門は教壇でそれを立ったまま飲んだが、他の面子は椅子に座りコーヒーを味わった。

「それで皆さん、ご意見は」

土門は英語で全員に問いかけた。孔博士は娘が書いた数式のメモにずっと見入っていて、時々、首を傾げながらノートにメモを取っていた。

「ソウスケ、これは、あれじゃないかね？」

数式のある部分を指さして、メモを日影博士に手渡した。

「……ああ、これは明らかにM理論ですね。面白い、非常に面白い」

滅多に感情を顔に出さない日影が、呻くように言った。

「日影博士、それは私が聞いても理解不能なお話でしょうな」

　土門が日影に尋ねた。

「こういうのは、僕より羅門先生の方が説明は得意だ」と日影が羅門に振った。

「M理論というのは、われわれの世界ではもっとも新しくホットな宇宙論です。既存の宇宙論をだいぶ逸脱しているもので、多数派の同意を得ているわけではありません。言ってみれば、インフレーション理論の先にあるというか」

「ああ、それ古典宇宙論ね。私の世界では、もう教科書にも載っていません」

　萌はあっさりと否定した。

「じゃあ、ビッグバンも……」

「ビッグバウンス理論に取って変わりました。だから私が今ここにいます」

「ではこれは、M理論下で起こった現象なのか」

　孔博士が北京語で娘に聞いた。

「さあ……。そこに私が何か書いたのなら、そういうことなのかも」

　娘は英語で答えた。

「驚いたな。われわれはやっとインフレーション理論を観測結果で証明しつつあるというのに」

「孔博士、あなたのお嬢さんは、われわれの世界を救えますか」

　そう土門が聞いた。

「致死的な新しい感染症の特効薬になるかもしれない薬が見つかったとして、それは安全性も確認されていないし、そもそも特効薬かどうかもわからない。将軍は使いますか？　自分や、自分の家族に」

「それが致死率一〇〇パーセントの感染症だとしたら、迷う理由はないでしょう。悪化する前に使います」

「他に手が無い状況では、私は娘の才能にかける」

「……日影博士のご意見は？」

「どう考えても、われわれの世界の物理学は彼女がいた世界と比べて、ひいき目にみても四半世紀は遅れている。彼女自身が救えないと判断しているのであれば、ここでわれわれが過去のものになった理論で彼女に協力したとしても、われわれにできることは無いと思いますね。それぞれ家族の元に帰り、最後の瞬間を静かに迎えた方がいい」

「彼女の協力を得ることで、何かの弊害《へいがい》はありますか」

「いいえ。われわれは、言ってみればスペイン人と出会ってしまったインカ帝国のようなものです。害があるも何も、われわれに為す術は無い。もし孔博士が同意してくださるなら、ぜひ僕の農場に招待し、しばらく議論したい。最新の宇宙論をぜひ拝聴したいな」

土門はわかったと頷いた。

「羅門先生、あなたに決めてほしい。日影先生や親子をカブリ研に同行し、向こうの天才グループと意見交換してもらうというのが無難だろうが」

「それは勧めませんね。船頭多くして船山に登るの状況に陥ることは避けられない。それに、彼女が平行世界からきたという情報はあっという間に漏れて、世界中に拡散することでしょう。孔博士が娘さんを失った事実は、科学者ならみんな知っていますからね。いらぬ混乱と希望を与え、民衆を失望させることになります。僕に一任していただけるのであれば、日影博士のファームに移動するという選択肢は有りだと思います。いずれにしても、ここは復旧は無理でしょうから」

シンクが電信柱を浚《さら》っていったため、一帯はずっと停電したままだ。

「了解した。ヘリを用意させます。日影博士の農場に皆さんをお連れして、必要な物資の援助と警備を手配しましょう」

「ダーリンも一緒でいいかしら」と、萌は強い調子でアピールした。

「あなたの精神衛生に貢献するなら許可しましょう。ただし、彼は兵士です。いざという時は出動させますよ」

「将軍、もう一つ不躾《ぶしつけ》なお願いだが、日影博士を誘拐してここに連れてきた情報部の士官も同行させたい。もちろん、君たちの保護下のままで構わない。あの中佐は、マンデラ病で〝盗まれた中国〟を記憶しているし、北京政府と接触する秘密のルートももっているはずだ。いざという時に役に立ってくれる」

孔博士が提案してきた。

「わかりました。一緒に行動させるわけにはいきませんが、おそらく農場の近くに支援本部を立ち上げることになるでしょうから、そこで待機させます。彼らの尋問と監禁は特高に委ねましょう。それでいいかな、警視正」

「ありがたいご提案です。SWATは犠牲を払った。引き続き作戦に参加させていただけると、連中の不満も少しは和らぐでしょう」

小辻警視正が頷いた。

ガルこと待田《まちだ》晴郎《はるお》兵曹長が、陸軍心理戦研究班班長の司馬光《ひかる》大佐を連れて戻ってきた。司馬は精神科医ではないが、心理学者としてそれに近いことをしていた。司馬は榎田萌と会うなり「あなた、マンデラ病って聞いたことあります」と聞いた。

「マンデラ病？　ネルソン・マンデラと関係がありますか？」

「そこから由来した病名です」

「ああ、マンデラ効果のことね。彼が南アフリカの大統領にならずに獄中死《ごくちゅうし》した世界線のことでしょう」

「こちらの世界では、獄中死しました。ドナルド・トランプはアメリカの大統領にはならなかったし、イギリスはEU離脱なんて選択しなかった。仮にあなたもマンデラ病だとすると、断裂記憶障害でしたっけ」

「ええ、そう呼んでいるみたいですね。他人事みたいな言い方ですが」

「それがこちらのマンデラ病と似ているとして、唯一の治療法は、おそらく睡眠です。睡眠を重ねるごとに混乱した世界の記憶は薄れ、正常に戻っていく。つまり放っておくしかないってことね。睡眠導入剤を飲んで、四時間眠ることを提案します」

土門は司馬、原田、待田の三人に廊下に出るよう命じた。四人で隣の空き教室に入る。


「俺は〝響〟の事案に対処しなきゃならん。基本的には現地師団が動くことになるが、相手が空挺となると、反撃と掃討はうちが対処することになるだろう。東シナ海でも派手におっぱじまったようだが、向こうは空海軍の話でしかも圧倒的に日本が優勢な戦いらしいから、心配はいらんだろう。それでまず、日影博士の農場にみんなで移動してもらうとして、しばらくは現場の指揮は司馬さんに委ねたいが」

「あたし？　冗談はよしてよ。机上演習も参加したことないのに」

「大丈夫ですよ。補給の面倒を見るだけです。飯を何人分確保するとか、簡易ベッドやテントの用意とか。警備は、どうせ警察が仕切りたがります。その程度の雑用はやらせとかないと、あいつらはいつ爆発するかもわからん。それで原田君には、一応、現地に向かってもらうが――」

ここで原田が「いや自分は」と遮った。

「将軍。自分は、彼女の結婚相手ではありません。結婚していたのは平行世界の別の自分であって、自分にとっては全く知らない女性です」

原田が抗議するような口調で言った。

「そうかもしれんが、彼女がそばにいてほしいというなら覚えているふりでもしとけ。害はないだろう。べっぴんさんだしな。だが〝響〟で奪還作戦がはじまるようなら駆けつけてもらうぞ。ガルはしばらく司馬さんを助けて向こうの状況を整えさせろ。万一に備えて訓練小隊を向かわせるから、それと入れ替わりでいったん習志野《ならしの》に帰るつもりでいろ。松本から出張《でば》ってくる現地部隊は自由に使っていい」

「万事了解です」と待田が頷く。

「ここの校庭、CHの着陸は無理だろうな。校舎の屋上は強度が足らなさそうだし……」

「橋の上がいいでしょう。橋の上でホバリングさせて、タラップだけを校庭に降ろして乗り込んでもらいます」

待田がそう提案した。

「任せる。俺は副官が戻ってくるのを待って、習志野なり市ヶ谷《いちがや》なりへと汎用ヘリで引き揚げる。後は君らでよろしくやってくれ」

「それで、彼女はこの世界を救えるのかしら」

司馬が一番肝心なことを土門に聞いた。

「さあ。無駄なあがきで終わらないことを祈るしかないね。どうなるにせよ、わが国領土内で、国の科学研究拠点が敵に占領されるということは見過ごせない。これから国が滅ぶということなど関係ない。奴らを殲滅《せんめつ》しなきゃならん。いざとなれば、核を北京《ペキン》とモスクワに撃ち込んででも奴らを黙らせることになる。そういう事態を避けたいなら、彼女を一刻も早く正常に戻してくれ」

姜少佐が戻ってきたので、土門はコピーの束を羅門に手渡し、一部だけ自分用に確保して迎えのMH２０００B汎用ヘリで廃校を後にした。

そこに残された研究者集団と捕虜となった解放軍情報部の将校らを運ぶため、二機の大型ヘリCH－47Jが飛来し収容した。

上空に舞い上がったヘリの後部ランプドアの隙間から地上を見下ろした原田は息を飲んだ。どこも禿げ山になり、枯れ木一本残っていない。何もかもシンクに吸い込まれていたのだ。これで人的被害が出なかったとしたら奇跡だと思った。

何か、シンクに追われているような気がしていた。ここに来る前には、南鳥島《みなみとりしま》でマンデラ病の発症者を確保して島を飛び立った途端、巨大なシンクが現れ輸送機もろとも吸い込まれそうになった。

そして今度はこれだ。悪夢を見ているような気がした。


北上山地の南端、平泉《ひらいずみ》市の東部山岳地帯に、巨大な学園都市が建設されていた。

そこには、研究施設以外何も無かった。ただの山の中にある辺鄙《へんぴ》な場所で、世間からは第二の筑《つく》波《ば》学園都市と呼ばれている。近くをリニア新幹線が通ってはいるがあまりに不便なので、最寄り駅からトラムを引く計画が進められていた。

地元としては鉄道を引いてもらいたかったようだが、鉄路は研究装置に微妙な震動を与えるということで却下されたのだ。トラムですら最初は嫌がったほどで、ここの装置はそれほどに繊細なものだった。

世界最大規模、全長五〇キロもある国際リニア《I》・コ《L》ライダー《C》〝響〟の装置が、北上山地の花崗岩《かこうがん》

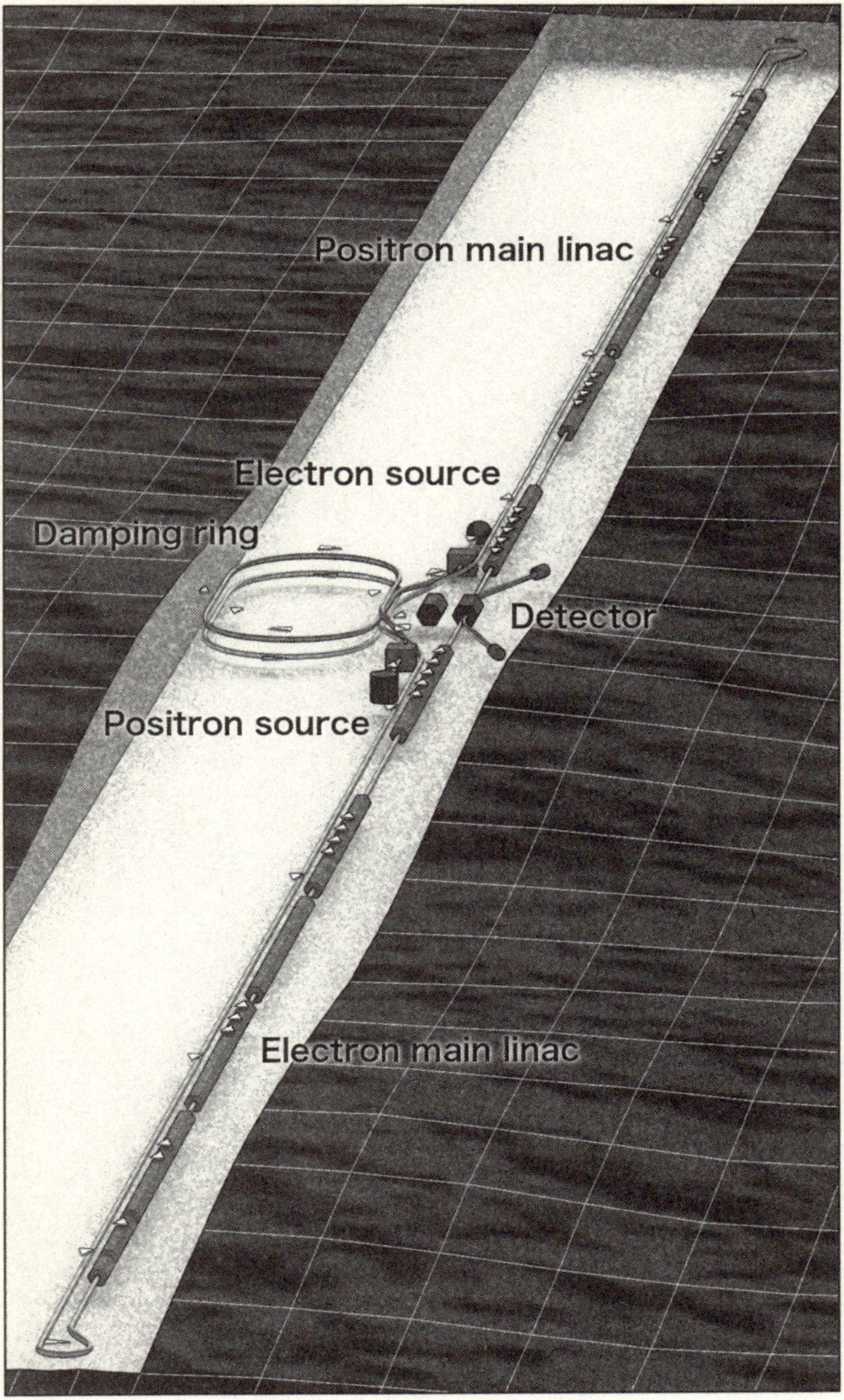
Positron main linac
Electron source
Damping ring
Detector
Positron source
Electron main linac

の岩盤をくりぬいて設置されている。建設費は年々高騰《こうとう》し、最終的に七兆円にもなったが、日本が費用の七割を出して完成させた。管理は国際学術団体だが、実質的には日本が運営していることは言うまでもない。

ここでは常時、博士号をもつ一〇〇〇人もの科学者たちが集い、世界最先端の素粒子実験が繰り広げられていた。

日本は世界最大のニュートリノ実験装置、〝ハイパー・カミオカンデ〟に、大型低温重力波望遠鏡〝スーパーKAGRA〟、そしてこの〝響〟で量子論科学の最先端を走っていた。世界中の研究者が、こぞって日本を目指した。

研究者が〝コア〟あるいは本部管理棟と呼んでいる施設の制御室・研究・管理棟は、五〇キロあるリニア・コライダーのほぼ中央付近に建設されていた。

地上五階地下七階建ての建物は、遠目には高校か大学の校舎にしか見えない。特に際立ったデザインでもなく、至って普通の長方形の建物だ。高騰する建設費に対する世論を宥めるため、わざと質素な外観にしたという噂だった。

他の研究施設と違うところは、震動を防ぐために駐車場は建物から一キロ以上離れていることだ。従って本部管理棟の周囲はただの荒れ地というか、芝生《しばふ》だった。

半径一キロが、震動制限区域に設定されているため、研究者も施設を管理する民間人も、駐車場からは専用のシャトルバスで往き来する。

兵士が空挺降下するには絶好の場所だ。地面には何の突起物もなく、一個師団でも易々と降りられそうな広々とした空間で、山岳地帯ではあるが、そこだけ昔から開墾されていた。

ロシア軍を率いるユーリ・ガガーノフ陸軍少将

と、人民解放軍を率いて降りてきた銭《チィエンシン》星陸軍少将は、管理棟の正面玄関前で落ち合った。

そこは、今は騒がしかった。制御用ロケット付き大型パラシュートで降ろされた装甲車や四輪駆動車が走り回っている。全部隊が配置につくには、おそらく三〇分ほどはかかるだろう。

ロシア軍はあくまでもオブザーバーという位置付けで、ほんの一個中隊と航空機、車両を提供しただけだ。解放軍は一個空挺師団が降下していた。

すでに建物は占拠した。施設に武装警備員がいないことは事前にわかっていた。

「空気が澄んでいる。綺麗《きれい》だ……」

銭将軍がロシア語でそう言った。

「うちの訓練場と変わらんな。高度も高いわけじゃない」

ガガーノフは左腕に巻いた太い気圧高度計を見た。高度は一三〇〇メートルと出ていた。GPSでは一二五〇メートルと出ている。

「まあ、今時の中国よりは綺麗な空気であることは認めるよ」

第45独立親衛特殊任務連隊、スペツナズ部隊の指揮をとるアレクセイ・ボロディン大佐が建物から出てきて、中に入るよう言った。

吹き抜けの玄関ホールは、コンサートでも開けそうなほど広い。その中央に、台座に載ったガラスケースが置かれている。金箔《きんぱく》を貼られた古めかしい建物の模型が中に納められていた。上の階から両翼に広がる螺旋《らせん》階段がある。

兵士に連れられたロシア人男性がホールの奥から現れた。白髪で銀縁眼鏡をかけているが、汚れた作業着姿だった。

「エフゲニー・ウリヤノフ博士？」

「そうだが、いったいこれは何の騒動だね」

「博士の協力が必要になる。モスクワから指令は届いていないのか」

「指令？　私をどこかのスパイと勘違いしているのかね」

「あなたの他に、ここにロシア人科学者は？」

「先週まで三人いたが、全員帰国したよ。最期は家族と過ごしたいからと言ってね。私は独身なのでね、ここに踏みとどまった。誤解があるようだが、私はどこの情報機関にも所属したことはない。純粋な科学者だ」

「まあ、いいでしょう。ここの責任者と話す必要があります」

　ウリヤノフ博士は、上から見下ろしていた研究者の仲間に所長を連れてくるよう頼んだ。

「ところで、このガラスケースに入っている建物のミニチュアは何ですか」

「それは、この近くにあるチュウソンジという由緒あるお寺の模型です。もし暇があったら、訪ねてみるといい。心が落ち着くことでしょう。およそ一〇〇〇年前に建てられたと言われている。この研究施設自体は世界でもっとも新しい街だが、それが存在するここは歴史ある地域だ。その伝統の最果てに未来を拓《ひら》くという意味で、この模型が置かれている」

　螺旋階段を一人の日本人が降りてきた。ブレザーに名札を下げていた。

「名越《なごし》博士、先月私の実験計画を却下された報復に軍隊を呼んだわけじゃない」

「エフゲニー、それは全く笑えない冗談だぞ。彼らは英語を理解してくれるのかな」

　そう〝響〟リニア・コライダー研究所所長の名越堅太郎《けんたろう》博士は、戦闘服姿の侵入者を品定めしながら問うた。

「問題ありません、ミスター・ナゴシ。物理学用語までは理解できないが、日常会話程度なら問題ないつもりだ」

ガガーノフ少将は、そこそこの英語で応じた。

「まずはこういう形で押しかけた非礼をお詫びします。われわれも命令で動いていましてね。われわれの目的はここを平和的に占領し、施設を一切破壊することなく維持し、いつでも使える状態にすることです」

「エフゲニー、やっぱり君が呼んだんじゃないのか」と名越が言う。

「だから科学アカデミーとのやりとりに関しても、逐一報告したじゃないか」

そうウリヤノフ博士はうんざりした顔で言った。

「だったら、彼らはいったい何を聞いていたんだ」

「これは基本的には中国の作戦であって、ロシア軍はそれを援助したまでだ。中国人研究者はいないのかね」とガガーノフが聞いた。

「さあ、誰かいたかな。とにかく無闇矢鱈《やたら》に荒らさないでくれ」

「指揮官殿、ここには冷却用の液体窒素のタンクや高電圧ケーブルが縦横に走っている。地上階部分に関しては普通のオフィス・ビルと同様だが、危険なエリアへの立ち入りは基本的に遠慮してほしい。この世界を救う術がないとわかってから、研究者のほとんどが帰国した。飛行機が飛んでいるうちにとね。だから人手も薄くなっている。研究者だけでなく食堂も閉鎖されているし、火事になっても自衛消防隊も機能していないのです」

ウリヤノフと名越がそれぞれ訴えた。

「われわれは、ただここへ向かい施設を無傷で占領せよと命じられただけです。火を点けにきたわけではないし、作戦失敗時の破壊命令も受けてはいない。しかし所長、ここが何かの鍵になるのではないのですか」

「この現象に関して、ロシア政府からはどんな説明があったのですか」

「公式には、報道されている以上のことは聞いてない。非公式には、ロシアには打つ手が無い。何しろ核兵器まで使ったのに、シンクはびくともしなかったらしいからな」

「食堂に移動しませんか？　コーヒーくらいは出せる」

ウリヤノフ博士がここでそう提案した。

吹き抜けのホールから見える二階部分に、ダイニングとカフェテリアがあった。カフェテリアのみが細々と営業しているらしかった。全員で螺旋階段を上った。

窓からは、奥羽《おうう》山脈の山並が見渡せた。二人の将軍は突撃銃を部下に手渡し、外で待つよう命じて楕円形のテーブルにつく。

「この研究所が立ち上がった頃、コーヒーの味と研究員の能率に関して長い論文を書いた院生がいたんだ。それ以来ここでは二四時間、世界で最高の、ありとあらゆるコーヒーやエスプレッソが飲めるようになった」

ウリヤノフが説明した。

「普通のコーヒーでいいさ。われわれは気難しいフランス人や、気取ったイタリア人じゃない。普通のやつでいい。ところでこのシンクが始まった頃、世界中の陰謀サイトがヒビキでの粒子加速実験が引き金になったと書いたが、どの程度信用していいのかな」

名越はもう何十回と浴びせられた質問にうんざりしているという表情で首を振った。

「全くのフェイクです。ここだけじゃない。世界中の粒子加速器にとって、それは濡《ぬ》れ衣《ぎぬ》です。われわれに関していえば、ここの施設はシンクが発生する二ヶ月前にはメンテナンスで止まっていた。

メンテ明けの稼働実験を行ったのは、南米で最初のシンクが観測された一〇日後のことです。そういう噂が立ってからは、政府の命令でいかなる実験も行っていない。全くの濡れ衣です」

名越博士は時々テーブルを指で叩きながらアピールした。

「この世界は、滅亡しますか」

銭将軍が、突然流ちょうな日本語で聞いた。

「ええ。残念ですが、それは避けられない。シンクは巨大化しています。端的に言えば、ある規模まで巨大化した時、地表面を剝がすことになる。マントル層がむき出しになり、巨大地震に津波《つなみ》、噴火が発生することでしょう。降灰が全世界を覆い二酸化炭素が噴出。シンクは空気をも奪っていく。地球上の生物は、うす暗い空を見上げながら窒息死《ちっそくし》することでしょう。それが三日後か一週間後、あるいは一〇日後かはわからないが、事態は幾何級数的に進行するはずです。私は兵士たちを家族のもとに帰すことを提案します」

「誰か解決の糸口というか、手段はもっていないのですか？」

「あるとすれば、それをもっているのは間違いなくわれわれです。確信をもって言える！　日本は、物理学の領域において世界最先端の施設を三つもっています。一つはニュートリノ観測装置、重力波検出装置、そして最後がこの〝響〟です。前者の二つはいずれもただの観測装置であり、そこで何かを実験することはない。ニュートリノ観測装置は、ここしばらくはいかなる異常も検出していない。重力波検出装置は、シンクの予兆を捉えることでシンク予報を出せるようになったが、あくまでもシンクの前兆を観測するだけです。しかしわれわれは、ここで何かの素粒子を生み出すことができる。誰かがどこかで解決できるとしたら、われわれしかいない。それは断言できる！　だが、残念ながらそれができるにしても二年三年、いや、もっと長い年月をかけてのことになるでしょう。現状ではこのシンクがどういう現象なのかすらもわかっていないのですから。絶望的なまでに時間が足りないと悟った時、私は研究者たちに祖国に帰り家族と最後の時を過ごすよう提案しました」

「誰が何を考えてこの施設の占拠を企んだのかしらないが、事は地球全体の災難だ。何もこんな過激なことをしなくても、術があればわれわれはすぐ動いて地球を救う。モスクワや北京が考えることはわけがわからん」

　ウリヤノフが所長の発言を補強してそう言った。

「私が説明しましょう。マンデラ病が原因です」

　銭将軍が、今度は英語で話しはじめた。

「マンデラ病に感染した患者は、奇妙な記憶を植え付けられる。いわゆる〝盗まれた中国〟というやつです。日本やアメリカは衰退し逆に中国が世界を支配しているという記憶に苛《さいな》まれる。北京の指導部でも、マンデラ病にかかり〝盗まれた中国〟を真に受けた連中がいます。科学顧問たちが、今の中国は偽物で、何かの素粒子が招いた事態だと言い出した。自分が北京から受けた命令は、この〝響〟を使い本来の中国を取り戻せ、というものです」

　名越が気持ちはわかるがという態度で口を開いた。

「将軍、私は科学者でいわゆるマルチバース論も理解しているつもりだ。もちろん、中国が成功した世界がどこかにあってもおかしくはないでしょう。ただ、それは別の宇宙です。マンデラ病の妄想に関しては、ここでもだいぶ議論しました。それは精神医学ではなく、物理学的な現象だろうという意見で一致した。だが、それを解明するような科学を人類はまだもっていないのです。残念だが、それは数日で解明できるものでもない。何十年もかかる。それこそ、全ての素粒子を発見してようやく解き明かされることかもしれない」

「ご意見は伺いました。しかし命令は絶対です。北京から作戦中止命令が出たら、抵抗せずに降伏します。それまではとにかく犠牲者を出さず、施設を傷つけませんので、ここにいさせてください。皆さんの邪魔をしないようにも命じます」

「あなたたちの決意は汲みたいが、歓迎するかどうかを決めるのはわが国の政府であって、たとえ明日世界が滅ぶとしても政府は黙ってここを包囲するだけじゃ済まないでしょう」

「そういうことになるでしょうな。だが明日銃弾を喰らって死ぬか、一週間後に酸素不足で死ぬかの違いにすぎません」

「科学技術省と連絡をとっていいですか？」

「構いません。行動を制限するつもりはありません。いざという時に操作してもらう必要があるので全員に逃げ出されるのは困るが、病人や女性、高齢者は後で退去リストを作ってくだされば配慮します」と銭将軍が言う。

「ウリヤノフ博士、われわれに危険な場所や警備が必要な場所を教えてください。可能な限り、兵士が施設の中をうろうろせずに済むように建物の中を把握したい」

「その程度は協力するが……。信じられんな、こんな無謀な作戦を誰も止めなかったなんて」

「明日世界が終わるなら、最後に華々《はなばな》しく戦ってみたいじゃないですか」

「あいにく軍隊経験は無いのでね。今いる研究者は皆志願してここに残ったが、職員の多くは地元の採用だ。いざとなったら家に帰してくれ。私は、軍人の冒険《ぼうけん》よりもロシア人の名誉を重んじる」

「配慮しましょう。ここのコーヒーは確かに美味《うま》い！　入り浸りそうだ」

ガガーノフ将軍は、コーヒーを一気飲みして立ち上がった。そして、博士を促して言う。

「私とウリヤノフ博士は、施設を探検してくるよ」

銭将軍と二人きりになった名越は「こういう言い方は失礼かもしれないが」と前置きして口を開いた。

「まるで、政府高官の通訳並みに日本語がお上手だ」

「ありがとうございます。私は士官学校時代に、日本陸軍の研究で論文を書きました。それがきっかけで日本文化に魅《み》せられましてね。何しろわれわれの主敵は日米ですから。軍でもその知識が出世に役立った。こういう形で訪日できたのは複雑な心境ですな。ご迷惑をおかけすることに関しては、平にお詫びします」

「どうしてもここに居座ると仰るのであれば、せめて誰も銃弾で死なずに済むようお願いします。敵味方を含めて」

「もちろんです。ところで、人を探しているのですが、黄志強《ホアンチィチィアン》博士は今どちらに？」

「なるほど――」

そちらの望みはわかったという顔で、名越は頷いた。

「どこまで聞いてらっしゃいますか」

「われわれには、ただ、マンデラ病に感染して、それがかなり重い症状らしいということしか……。接触して、施設の運用に関して協力を仰げと」

「重い症状でした。危うく数百億円の研究機材を破壊するところだった。彼を阻止するため、職員四人が感染しました。中国大使館にすぐ連絡を入れたのですが、丸一日放置された結果、何と言ってきたと思います？　そんな名前の者は在留中国人として登録されていない。中国政府は関知しないと。まあ、私が大使館の人間でも困りますけどね。そうやって引き取りを拒否されたマンデラ病の感染者が何人かいるようです。それで仕方無く、市の方で精神科医療施設に引き取ってもらいました。あの病気は時間が経過すれば妄想自体は収まるので今はもう大丈夫だと思いますが、中国政府として存在を否定した状況では、国として引き取りは難しいでしょうね。市に問い合わせてみます。今更感染をおそれても意味はありませんので。もし問題が無ければこちらで引き取りましょう」

「ぜひ、お願いします。ウリヤノフ博士は善人のようだが、ロシア人に主導権をとられるのは困るのです」

「残念ですが、それはそちらの問題ですな」

「ええ。それにしても、ここのカフェテリアはなるべくこのまま開いててほしいですな。士官の精神衛生に貢献してくれることでしょう」

「職員組合に頼んでみますよ」

名越は何かも台無しだな……と臍《ほぞ》を嚙んだ。世界が終わるまでにやりたい一〇のリストを作っていたが、今日はその一つを片付ける予定だったのに台無しになってしまった。

彼らがただ居座るだけなら、半分程度は片付くだろう。もし政府が攻撃を決定するなら――当然そうなるだろうが――その前に全員で脱出できるように彼らと話し合わねばならない。

銭将軍は理性的で説得できそうだが、ロシア軍軍人の方は手強い相手になりそうな予感がした。

第十章　農業用ドローン

白い軽トラックの助手席に乗る畑友之《はたけともゆき》元兵曹長は、しばらく大船渡《おおふなと》線沿いに走った後、砂鉄《さてつ》川を渡り、自分の畑がある山の上へ向かった。

ハンドルを握っているのは平憲弘《たいらのりひろ》元伍長。まだ三〇歳で、ここらではまだまだ若造だ。去年、姉さん女房をもらったばかりでもある。

二人は広域消防団の団員で、消防団員としての年季はお互い五年ほどしかない。たまたま、同じ時期に陸軍を辞めて地元に戻ってきたのだ。平は二期分お勤めしただけだが、畑は人生の大半を軍で過ごした。平にとっては、雲の上の存在だ。

ラジオが、緊急国防警報を伝えている。これまでは西東京で発生したシンク被害の模様を流していたが、三〇分前からは敵襲を伝える国防警報に変わっていた。

ロシアや中国からの緊急ミサイル警報は知っていたが、それ以外の国防に纏《まつ》わる警報が用意されていたなんて畑も知らなかった。

女性アナウンサーが、過剰なまでにゆっくりと原稿を読み上げている。

「――正体不明の武装集団が上陸したため、住民の皆様は、決して自宅から出ないようお願いします。外にいる皆様は、ただちに最寄りの公共施設へ避難してください」

チューニングを弄っても、ＡＭ、ＦＭを切り替えても同じだ。どの局も、女性のアナウンサーが間延びするようなしゃべり方で伝えている。コミュニティＦＭだけは女性アナウンサーがいないのか男性が喋っていたが、こちらも間延びした調子であることに変わりは無い。おそらく、このワードを何秒で喋れという注釈がついていたのだろう。

防災無線でも、同じ文言が住宅街に響いていた。

「兵曹長殿は、知っていましたか。こんな放送内容があるなんて」

「はじめて聞いたよ。国防に関わる放送は、ミサイル警報だけだと思っていた。まさか地元でこんな放送を聞くとはな」

「でも、予想はできましたよね。確か、七年くらい前にこの〝響〟を中共のテロリスト・グループが乗っ取って何かやらかすみたいなＢ級映画をネットでみた記憶があります。謎の多い科学基地という設定にすれば、物語に組み込みやすいんでしょう」

「この期に及んでここで何かができるとも思えんが……」

「世界が滅びるという噂があるようですが、兵曹長殿は信じていますか」

「ああ。だが、君らと違って俺はあとはお迎えを待つだけだ。孫の顔は見たかったが、そもそも戦死せずに軍務を終えられただけで御の字だからな」

「さすがですね。女房からは、軍隊時代の伝手《つて》で何か聞いてないかとせっつかれています。軍事力で立ち向かえるような事態だとは思えないですけどね」

「だが中露はそうは考えなかったんだろう。もしここの〝響〟で何かできるなら、陸軍が事前に配置についている。それが無かったってことは、世界は安泰か、逆に為す術もないかだろうね。地元の人間が大勢雇用されているが、研究者のほとんどが母国に引き揚げたせいで、けっこう自宅待機になっているみたいだ。〝響〟の所長が職員向けにお別れ演説をしたって噂もあるが、まあ、噂レベルだよね」

「それ、自分も耳にしました。残された時間がどのくらいあるかわからないが家族とのひとときを大事にしてくれ、という内容だったそうですね」

「それが事実なら、東京からテレビ局が飛んでくるよ」

坂道を登りきると、V字型の切り通し区間を抜けた途端に視界が開けた。日差しが大地を照らし、青々とした平原が視界いっぱいに迫ってくる。

畑はこの瞬間が好きだった。サングラスに眩しい陽光が降り注ぐ。

自分が耕す二〇町歩の田畑は、研究所の制限エリアのすぐ外側にあった。自分一人では抱えきれないので、組合を通して東南アジアから労働者を雇っていた。

子供たちは東京でサラリーマン暮らしだ。おそらく帰ってくることはない。農作業にもようやく慣れたが、田畑は自分の代で終わり。惚《ぼ》けないうちに後継農家を探して譲ることになるだろう。

「あれ、警察はまだのようですね」

研究所へと続く二車線の広規格道路は、ほぼ真っ直ぐに三キロ以上続いている。信号機の類は無い。てっきりパトカーが阻止線を張っていると思ったが、車両は見えなかった。

「行けるところまで行ってみるか」

「はい、少し速度を落とします。ドローンを上げますか」

軽トラックの荷台には、農作業用のオプトコプター型ドローンが積んである。肥料や農薬散布、害獣警戒、盗難予防にと、現代農業にドローンは欠かせない。ほとんど二四時間、それらは飛び回っていた。

警戒用のドローンは、三機交代で運用される。一機が飛んでいる間、二機は自動で充電場所に降りてきて充電するのだ。

これらの運用を二四時間監視しメンテナンスするサービス会社も何社か展開している。畑も、そのうちの一社と契約していた。

一度ドローンを使ったら止められない。米はともかく、換金作物やフルーツのハウス栽培には泥棒が付きものだ。だが監視用ドローンが農家に広く普及してから、窃盗の件数は激減した。運用コストはそれなりにかかるが、以前のように自警団を組んで夜中にパトロールした時代に比べれば、農家はずいぶん楽になった。

夜間は窃盗対策で、日中は害鳥対策としても有能だ。カメラが鳥を捕捉すると、それが益鳥か害鳥かを判断し、害鳥だとわかると急降下攻撃を仕掛けて追い払う。モグラを狩るタイプのドローンもいた。

最近の国会では、害獣対策として殺傷力のある武器の搭載を許可すべきかどうかの議論がはじまっていた。

そのドローンにしても、だいたいは農協からのレンタルで済む。操縦する必要もない。飛行プログラムは、ドローンの販売店がセットで提供してくれるのだ。

畑は周囲の上空を見渡した。視界に入っただけで、ざっと一〇機以上のドローンが飛んでいる。もちろん彼の田畑の上空でも、警戒用のドローンが飛んでいた。普段なら、三〇機以上のドローンが舞っているはずだが、大半の農家が地上に降ろした様子だ。

「畑まで辿り着けるようなら、ちょっとばかし高度を上げてみてみよう」

しばらく走ると、自分の畑が見えてくる。いつもなら出稼ぎ労働者が六人ほど作業しているが、真っ先に避難させたため今は無人のはずだ。自分の畑だけではなく、隣近所も無人だ。

やがて、銃を構えた空挺兵の姿が見えてくる。勝手に農具を持ち出して、路上にバリケードを築いていた。畑は、そのバリケードの一〇〇メートルほど手前で軽トラックを止めさせた。

「撃ってきたら、とりあえず逃げろ。アサルトから逃げられるとも思えないが」

「ドローンの高度を、もう少し上げてみますね」

畑は自分専用のタブレット端末を平に渡した。皆同じメーカーの製品を使っているため、操縦方法にも違いは無い。ただ、他人のタブレットでは操作できないというだけの話だ。


消防団のハッピを着た畑らは、真っ直ぐ歩いた。二人とも予備役なので、とっくに召集令状は届いていたが、病院や地域消防団を含む公的仕事についている者は免除されるという規定があり、二人とも地元に残っていた。

ここで、バリケードの向こうでも動きがあった。作業が中断し、自転車に乗った士官が奥から走ってくるのが見えた。そこを守っていた下士官が、三〇メートルほど向こうで止まれと右手で合図した。だが、銃口は下げたままだ。

畑は両手を肩の辺りまで上げ、その場で立ち止まった。バリケード付近に自転車を置いた士官がゆっくりと歩いてくる。三〇歳を僅かに過ぎているようだ。ロービジ仕様の階級章は中尉。よく日焼けした顔を見ると、おそらく叩き上げの士官だろう。

施設の近くでは、兵隊と一緒に降りてきたらし

い小型の重機が忙しなく動き回っている。ショベルカーが地面を掘り返し、ブルドーザーが陣地を造っていた。本格的な空挺作戦だ。

爆撃や砲撃を喰らえば元も子もないが、研究施設がそれを許さないはずだ。精密な機械だと聞く。軽トラックが近くを走り回ることすら嫌がるのだ。爆弾を落とすなんてもってのほかだと喚き立てるに違いない。

中尉殿は立ち止まると、ポケットから小さなメモ帳を取り出して捲った。中日会話ハンドブックらしかった。

「コンニチハ――」

まずはそう呼びかけてくる。畑はちょっとからかってやろうかとも思ったが、相手は今緊張のピークだろう。大人げないと思い「ニーハオ」と応じた。そしてさらに「あんたたちがそのバリケードに使っている農機具は、俺のものだ。返してほしい」と北京語で呼びかけた。

相手はきょとんとした顔をして、そのハンドブックをポケットに仕舞った。

「ええと……日本人、ですよね」

「そうだ。この畑の持ち主だ。どうして北京語を喋るかって？　私の農場では、いつも一〇人前後の中国からの出稼ぎを受け入れている。仕事に必要だから喋る」

「いや、その程度の北京語ではない。もう何十年も日常会話として使っているレベルだ」

「そりゃ、最初に北京語を習い始めたのは軍隊にいた頃だからね。それなりに上達したよ」

「農機具の件は、お詫びします。無傷でお返しできればいいが……」

「何をしにこんな所に？　研究施設以外、何もないぞ」

「それはお話しできません。できないというか、自分らも聞かされてはいないので。われわれが聞かされているのは最低でも三日、ひょっとしたら一週間はここを死守せよという命令だけです」

「あんたは士官だろう。なのに、作戦目的を聞いていないのかね」

「軍隊というのは、そういうところですよね」

この言葉に、畑は同意するというように頷いた。

「ところでそこの排水溝に、ピンク色の卵を産み付けている巻き貝がいますよね。あれは食べられるのですか?」

「ジャンボタニシだ。稲を食い荒らす厄介ものでね。こいつを捕獲するため六本脚のドローンが動き回っているから、それは壊さないでくれ。ただし、そのネットに入っている貝は、欲しければ取っても構わない。食べられはするが美味くはないし、寄生虫も抱えている。どうしてもこれを喰うしかないとなったら、十分に煮ることだね。部隊全部に通達した方がいい。自分も喰ったことがあるが、好んで食べるほど美味くはなかった」

「ありがとうございます。そういう状況にならないことを祈りますが」

「排水溝の水はそこそこ綺麗だが、飲用にする時には必ず煮沸《しゃふつ》してくれ。水は研究所からもらうのが一番安全だがな」

「それもわかりました。あなたは今は、軍人ではないのですね」

「ああ、このハッピに書いてある通り消防団だ。中国にも、確か志願消防隊というのがあるだろう。何でもあれは日本の消防団を参考に作られたそうだが」

「ありますね。志願とはいっても、半ば職域単位の強制ですが」

「うちも似たようなものだ。ムラ社会のしがらみで、断ることはできん」

ここで背後からパトカーのサイレンが聞こえてきた。だが五〇〇メートルほど手前でサイレンを消すと、赤色灯だけつけて徐行して近づいてくる。

「じゃあ後は警察とよろしくやってくれ」

「いやいや、それは困ります。ぜひ、通訳としてここにいてください！」

「言葉が通じない方が便利だぞ。あれこれ説明しなくて済む。そうだな、消防団としてはもう少し離れた場所に日本側のバリケードを築かせる。それで、軍隊が出てくるまで警察と消防団で見張りすることになるだろう」

「陸軍はいつ頃駆けつけますかね」

「君らは十分調べてきただろうからわかっていると思うが、この辺りに陸軍の駐屯地はない。これから準備し出発しても、本隊の到着は日没後だろうな。陣地構築するにしても、急ぐ必要はないよ。航空支援は見込めないし、砲撃や爆撃でもされたら辛い作戦になる」

「お気遣いに感謝します。自分は、旅団本部付き偵察小隊を指揮する杜桐《トウトン》中尉であります」

中尉は改めて敬礼した。

「俺の名は畑だ。この畑と同じ漢字だな。この辺りの消防団の分隊長をしている。それから、中国人労働者に農業の専門用語を教える教室も開いている。君らが降下してきた時点で、この辺りだけでおそらく数百人の中国人が働いていたはずだ」

「給料は良さそうですね」

「兵役を終えてすぐ人材派遣公社に登録する若者がほとんどだね。軍隊時代の倍の給料をもらっているはずだ。彼らは勤勉で、軍隊を終えたばかりだから生活態度も真面目でよく働いてくれる。引く手あまただよ」

制服警官が二人、パトカーを降りて向かってきた。

「そのハンドブックを開いて適当にあしらえ。必要なことは後で俺が警官に説明しとくから」

「お願いします、畑さん」

中尉はまた軽く敬礼し、素直にハンドブックを開いた。畑は踵《きびす》を返すと、警官とすれ違う瞬間「……彼、日本語は全く駄目だけど、おたくら北京語はできるよね」と聞いた。

警官が困った顔をする。出稼ぎの中国人は多いが、事件は起こさないから彼らが北京語を学ぶ機会は無いのだ。

軽トラックに戻ると、タブレット端末にドローンのライブ映像が映し出されていた。

「高度を五〇メートル、徐々に上げるよう設定しました。それ以上上げると目立つので」

「十分だろう。岩手《いわて》駐屯地から戦車部隊が到着するのはどうせ夜中だ。大和《たいわ》駐屯地からの偵察隊が着くのも、まだ一時間はかかる。映像をリンクしてやれば参謀本部が喜ぶだろう」

「敵は、どんな感じでした？」

「頭がいい。作戦をちゃんと考えて降りてきた。バリケードは排水溝の外側だ。あの排水口、深さは一五〇センチちょっとか。幅は三メートル。あれ以上に理想的な塹壕《ざんごう》はない。おいそれと砲撃はできないし、歩兵での攻略は難儀するだろうな」

警官が引き返してくる。道路封鎖をしなきゃならないから手伝ってくれと言ってきた。畑は、消防団の仕事として協力することにした。

消防団に声をかけて、若手を何人かかき集めることにした。若手と言っても、皆四〇代半ばだったが。


土門中将が乗ったMH２０００B汎用ヘリは、いったん市ヶ谷へ向かったものの、結局、着陸はせずに習志野の特戦群司令部まで引き揚げた。

市ヶ谷に降りれば国防省や陸軍の参謀本部に状況を説明しなければならない。

突然、真っ黒な球体から北京語と日本語を流ちょうに喋る娘が現れ、物理学の大家を煙に巻くような知識を披露しはじめたことなど信じるはずはない。

軍は、事態の解明を求められているわけではない。あくまでも状況のコントロールに動いているだけだ。そして警察より上位に立ち、どちらが偉いかを常に自覚させ続けるのだ。

憲法改正して自衛隊が国軍に昇格するまでの数十年、警察から格下官庁として冷や飯を食わされ続けた恨みは今後も消えることはないのだ。ことあるごとに、軍としての権勢を警察官僚に見せつけるのが陸軍の習わしだった。

習志野駐屯地で、半地下のバンカー構造になっているうす暗い指揮所に降りると、正面の大型スクリーンにはステルスＵＡＶの〝夜鷹《よたか》〟が撮影した〝響〟の現場映像が流れていた。

「遠いな。もう少し降りられないのか。これじゃあ陣地も見えない」

「これ以上高度を落とすと、肩撃ち式のミサイルに狙われる可能性があります」

副官の姜少佐が説明した。

「だってあれ、ステルスだろう？」

「レーダーに対してステルスという意味であって、最近のイメージ・ホーミングに対しては限界があるでしょう」

「砲兵部隊の展開は深夜になる。歩兵相手に平地で戦車じゃたいした攻撃はできないし、この獲物は空軍にくれてやるしかない。武装ヘリでロケット弾攻撃という手も無くはないが……。地元部隊でそこそこ包囲網を作り、退路を遮断してから爆撃だな。われわれに出番はないか」

「縁起でも無いことを言わないでください。将軍がそう言った途端に、お呼びがかかるんですから」

「そら包囲網に加われくらいは言ってくるだろうが、その程度の話だろう」

オペレーターが、メイン・モニターの画像を切り替えた。

「地元消防団からの映像が届きました。――近くを飛ぶ農作業用ドローンの映像です」

高度は一気に下がった。一〇〇メートルも上がっていない。そのせいで、地面に這いつくばる空挺兵の姿や構築中の陣地の様子がよくわかった。

「そうだよ、こういうのでいいんだよ……。地元師団はなんでドローンを飛ばさないんだ。弛《たる》んでいるぞ」

土門は、映像の右下にある数字に注目した。〝ＦＡＲＭ０１１７〟と出ている。

「ねえ君、この右下の英数字だけど、どういう意味なの?」とオペレーターに質した。

「はい。これは一般的には、ドローンの所有者が持つ固有の識別コードです。ＦＡＲＭですから農家で、この識別コードを振る人間は多いと思いますが」

「いやいや、そうじゃない。ここで言うＦＡＲＭはファームであってファームじゃない。少佐、畑さんってこの辺りの出身じゃなかったか」

「畑元兵曹長のことですか? そういえば平泉市のご出身だと聞いたような気がしますが」

「あれさ、兵曹長の無線のコールサインだよ。０１１７は確か、免許をとって最初に買った軽自動車のナンバーだったと記憶している。畑の携帯電話番号とか、わからないか」

姜少佐はスマホのアドレス帳を調べると、固定電話を外線に繋ぎ電話をかけた。

相手が出ると、姜はスピーカー・フォンにして電話機を土門の前に置いた。

「兵曹長、こちらプライム。あんた今どこにいるの？」

「お久しぶりです、将軍。中将にご昇進だそうで。映像、見えていますか」

「見てるよ。ああ、そういえば毎年米をありがとう。あの一俵の米がさ、三日ももたないんだよ。兵隊の胃袋は恐ろしい」

「それは何よりです。自分は今、敵が路上に作ったバリケードから一五〇メートルほど後ろにいます。警察と合同で、阻止線を作っています。消防団の一員として」

「畑は、その辺りだったの？」

「ええ。連中はうちの畑の真横に、うちの農機具を並べてバリケードを作りました」

「そりゃ災難だったね。敵とは接触した？」

「はい。偵察部隊の中尉殿と世間話をしました。作戦の概要は士官にも秘密のようで、自分らはただここを死守せよという命令しか受けていないと言っています」

「このドローンは、撃墜はされない？」

「連中は、陣地構築と食い物の心配でそれどころではないようです。一応、目立たないように飛ばしています」

「知っての通り、そこから駐屯地はどこも遠い。申し訳ないけどさ、しばらくはそこを仕切って頂戴よ。国防基本法が発動されるから、警察は軍の指揮下に置かれることになる。そこに警官がいたら代わってくれる？」

「そこまでする必要がありますか」

「軍服を着ているうちは、そういうしきたりからは逃れられんよ。角を立てないように説明するから」

　畑が携帯を警官に手渡すと、土門は官姓名を名乗った上で、そこにいる消防団員は特戦群の元ベテラン下士官で百戦錬磨《ひゃくせんれんま》のコマンドだ。もちろん北京語もぺらぺら喋る。自分の教育係であり女房役として長年尽くしてくれた。申し訳ないが、陸軍の到着と配置にはしばらく時間がかかるため、彼を全面的に信頼し、その命令に従ってほしい――そう伝えた。口調は丁寧だが、有無を言わさぬ強さでだ。

　警察と張り合う時のボスは、呆れるほど生き生きとしている……。そう姜が内心で思ったほどだ。

「そんなわけで、よろしく頼みますよ。われわれにはたいした出番は無いが。空軍が爆撃してそれで終わりだよ。せいぜい水平線の向こうから、野砲で叩くのみだ」

「……将軍、それは無理です。ここの研究施設は、たかが軽トラックの震動にも文句を言ってきます。爆撃や砲撃なんて、論外ですよ」

「そうなの？　でもこの期に及んでそれを言ってもねぇ。政府は構わずに攻撃すると思うよ。おたくの田畑も、被害を被るかな？」

「自分は、砲兵やパイロットの腕を信じてますよ。それに、穴でも空いたら補償金をたんまりもらって二、三年遊んで暮らします」

「わかった。何かあったら古巣のパニック回線に電話を入れてくれ。番号は変わっていない。プライム・アウト――」

「了解。ファーム・アウト――」

　懐かしい人物と話ができて土門は心底晴れやかな表情になった。

「お元気そうな声でしたね」

「ああ。ほっとしたよ。田舎《いなか》に引っ込むと聞いた時には冗談だろうと驚いたが、農作業が性に合っていたんだろうな。何にせよ、心強い。俺はちょっと寝させてもらっていいかな。現地部隊がそれなりの陣容で指揮所を立ち上げるまでは、たいした動きはないだろう。いずれにせよ、あんな地形で西部戦線ごっこというわけにもいかんから、うちの出番は無い。せいぜい斥候用に小隊規模を出す程度だろう」

土門は管理棟の自室に向かうと、上着を脱いでソファに寝ようとしたが、デスクに置かれた決裁書類の束が目に止まった。

明日には世界が終わるというのに、決裁書類が回ってきて、しかも日本社会は未だにハンコ文化を捨てられない。

あの〝ヴォイド〟から現れた女性が暮らす世界はこちらよりもだいぶ進んでいると言っていたが、あちらでもハンコ文化は残っているのだろうかと思いながらしぶしぶとテーブルにつき、書類の束を捲った。

そこで姜少佐が、開けっ放しのドアをノックしてきた。

「司馬大佐の部隊が移動を完了し、ひとまず通信システムを立ち上げたそうです。至急、連絡がほしいとのことですが」

「ねえ、この書類の束だけど、片付ける意味があるのか」

「そういう事務能力をクリアする資質も持ち合わせているからこそ、出世なさったのだと思いますが？　上の二枚だけでも目を通してハンコをお願いします。それは急ぎだそうですから」

土門はインカムを取り上げ、通信指令室に「司馬大佐に繋げ」と命じた。

「君はどうする？　ゆっくり話す機会が無かったが、最後までここに留まる必要はないぞ」

「そうですね。いよいよ暴風が地上を襲いはじめたら考えないでもないですが、でも、旦那と渚《なぎさ》に座って、静かに夕陽を眺めて最期を待てるわけでもなさそうですから。まだ、ぴんとこないですしね。しかし、部隊の解散のことは真剣に考えるべきかもしれません。この世が滅ぶ前には、兵士は家族の元に帰すべきでしょう。でも、そんなに悲観する必要はないかとも思っています。彼女が持っていたあのメモ、コピーしながら見ましたが——」

「君は、あれがわかったのか？」

「いいえ、全く。ただ、所々に否定線が引かれていたりビックリマークがあって、ここは重要などと書かれていたのだけはわかりました。彼女自身は、この世界は救えないと記憶にインプットされている様子ですが、少なくともあのメモでは可能性を探った痕跡があると思います。われわれの世界の物理学は遅れてはいるでしょうが、活路は見い出せるかもしれません」

「それにしても、時間がかかるだろうな」

司馬が電話口に出た。すでに日影博士の別荘に着いたところで、松本連隊が支援部隊を出してくれるのを待っていると言った。

「そっちはどんな案配ですか」

「良いところよ！　眺めは素晴らしいし空気は綺麗だしね。松本連隊の偵察隊と合流して、指揮所を設ける場所を決めました。部隊の配置もこれから決めてもらいます。でも、そこまでする必要はあって？」

「敵の奪還作戦は、必ずあると思ってください。それに備え、地上部隊はもとより空にも厳重な警戒を敷きます。空挺作戦を阻止するためにね。何か急用ですか？」

「私じゃありません。羅門博士がご用だとか」

そう言った司馬は、羅門と電話を代わった。

「将軍、これは私だけの意見ではなく、カブリ研の総意として軍部に伝えるように言われたのですが、〝響〟への爆撃や砲撃は絶対に避けてほしいのです。間もなく東大総長も、総理大臣に申し入れをすることになっています」

スピーカー・フォンで聞いていた土門は「すぐこれだよ」と舌打ちした。

「先生、繊細な機械だということはわかるが、それは無理ってものですよ。あんな平地をちまちま歩兵で攻め立てるなんてことはできない。あれが何兆円の代物だろうが、兵士の命の方が大事です」

「もし、万に一つ、今の状況をひっくり返す可能性があるとしたら、それは〝響〟にあります。だから中国は、それを制圧しようと動いた。もし、僅かな震動で装置に狂いが生じたら、いざという時に使えません」

「震動震動と言うけどさ、地震でだって震動が起こるよね？　それは何度も経験済みだ」

「地震による震動は、ある程度予測ができます。それですら震度三の揺れでも機器の点検と微調整で、二、三週間実験が止まることも珍しくありません」

「なら戦車も駄目？」

「もちろん。五〇トンの戦車があの施設の近くで走り回り大砲を撃つなんてことは、悪夢以外の何物でもありません。絶対に避けてください。人類にとって〝響〟は切り札なのです」

「本当にそうなの？」

「人類を救う可能性が一パーセントは残っているとしたら、その一パーセントの鍵を握るのは〝響〟なのは間違いないです」

「なら、取り返すしかないな」

「ええ、科学者にしてみれば、あれを誰が動かすのかは問題ではありません。ドンパチで施設が傷つくことの方が心配なのです」

「要望は聞いた。私に作戦全般の決定権があるわけじゃないが、いずれせよ敵の出方を見つつ、明日以降に動くだろう」

「すみません、現場レベルで申し入れしたということをカブリ研にフィードバックしなければ、研究者たちがヒステリーを起こすので」

「大変だね、先生も。それで、そっちはどうかな」

「司馬先生の提案で、彼女を一度休ませることにしました。他のお二人はメモの解読にかかっていて、私もこれからそこに加わります」

「答えは見つかりそうかね」

「あの天才二人が、自分たちはサル並みの知性になったようだと嘆いています。彼女自身がその数式を説明できるまで快復してくれないと、見通しは暗いですね」

「わかった。ホワイトボードを二〇基、立川《たちかわ》基地からそちらへ送った。じきに届くはずだ」

「活用させてもらいます。あと、できればヘリの類は別荘に近づけないようご配慮いただければと。私は嫌いじゃないですが、この長閑《のどか》な別荘地では煩いので」

「配慮させる。では、そういうことで」

姜少佐がメモをとっていた。電話を置くと、土門は決裁書類に目を通してサインとハンコを押していく。

姜少佐が書類を束ねて部屋を出ようとすると、今度は市ヶ谷の陸軍参謀本部から電話がかかってきた。陸軍参謀長直々の電話で、ひとまず部隊を出してくれということだ。

政府からの働きかけは意外にも素早く、研究施設に震動を与えるいかなる攻撃もまかり成らんということで当面は歩兵で包囲するしかない。中露の精鋭部隊相手に現地の歩兵部隊では荷が重いだろうからその間に入り、彼らの精神的負担を軽減してやれということだった。

「空挺や外人部隊を出してよろしいんですか？」

そう聞くと「どうせ他所で使い道はないだろう」との返事があった。土門は、では信州で作戦行動できるだけの部隊を残して東北に展開しますと応じた。

「……やれやれだ。それで？」と、ぼやいた後、副官に質す。

「先鋒は、ぎりぎり日没前に入れるでしょう。ヘリ部隊は待機中で、浅間《あさま》山に避難させた外人部隊も夜半には間に合うと思います」

「うちは、雲取《くもとり》山のシンク災害には派遣命令は出ていないんだよな」

「それは関東の歩兵と工兵隊がすでに出ていますから。全戦力が使えます」

「わかった。じゃあ、一〇分後に参謀会議を召集。あと、空挺旅団長を呼んでくれ」

「わかりました。一応、お伝えしておきますが、空挺旅団長はご機嫌斜めです。あの人は子飼いの部隊を使うだけで、空挺旅団がいることを忘れているんじゃないかと」

「そんなことを言ったって、これまで空挺旅団の出番なんてあったか？　ところでうちの副司令官殿はどこにいる？　最近、全く姿を見ないが……」

「中将に代わって東京詰めですよ。誰かさんが上への報告を嫌がって市ヶ谷をスルーするせいで、面倒な会議や面会を一人で担っています」

「彼に似合っているじゃないか。名称変更後初の国防大学首席卒業がご自慢の、レンジャー・バッジすらもたないエリートさんに、腰掛けとしてやってこられてもな」

「こんなことは言いたくありませんが、後継者を育てなかった将軍の自業自得です。原田さんがその椅子に座るまで、まだ二〇年はかかるんですよ。しかも軍医殿は、その椅子に関心などないでしょう」

「一〇年も経てば、君も空挺一個連隊くらいは率いているぞ。副司令官は、例の彼女の存在は知らないんだよな？」

「自分は伝えてはいません。しかし、地元の部隊はいましたし、あの副司令官殿は警察と仲が良いですから、情報は伝わったかもしれません。あまり警察を虐《いじ》めると、部下から寝首を掻かれることになるかもしれませんよ」

「あとで電話を入れてご機嫌をとっておくさ。……あいつにつく部下がいるかな」

「あの方、派閥作りにはことのほか熱心ですから、そこら中にいると見た方がいいでしょうね。伊達《だて》に同期の先頭を走っていません」

「情報管理を徹底しよう。あっちの件は、しばらくは参謀スタッフにも伏せておく」

非常召集のサイレンが鳴りはじめた。いざとなれば空挺の指揮は、副司令官に丸投げして責任をとらせてもいいと土門は思った。

いくら子飼いがいるといっても、レンジャー・バッジをもたない指揮官が、部隊から信頼されているとも思えなかったからだ。

現場部隊というところは、最後は現場力が物を言う。同じ釜の飯を食い、人生のほとんどをここ習志野で過ごした自分に、派閥活動熱心なエリートが刃向かって勝てるものではない。

平泉に夕暮れが迫っていた。

施設を挟み東西に真っ直ぐ伸びた道路は、台地の東側道路も封鎖された。そして畑元兵曹長が詰める西側のバリケードは、大勢の関係者で賑わっていた。

最先頭は、質量がある消防車が弾避けとしてハの字に置いてある。後ろにはパトカーが二台。その背後の道路際に、合同本部の白いテントが張られていた。

テントは消防団のものだ。警官隊は、機動隊を含めてほんの一個小隊。むしろ地元消防団の方が数は多い。

最後にようやく到着したのは、仙台《せんだい》市のやや北にある大和から出撃してきた第22即応機動連隊本部の装輪装甲車部隊だった。装輪装甲車六両がまず到着し、周辺に布陣した。

部隊の関係者が挨拶に現れる。地元民の平憲弘元伍長は、「まるで花火大会の主催者本部みたいだ」と笑ったが、戦闘服を着た幹部自衛官や兵曹長らが次々と畑の元に現れて敬礼するのでびっくりした。ただ者じゃないとは思っていたが、畑がそんな大ベテランだとは予想外だったからだ。

警察署長まで現れて、畑に一礼する。ここを仕切っているのは自衛隊や警察ではなく、畑元兵曹長だった。

やがて下の街から、一人の中国人を乗せた救急車が上がってきた。ここでも畑が対応して、身元を確認した。マンデラ病に感染して隔離されていた中国人研究者だった。

すでに快復して感染のおそれはないということで、外に出して、消防車の前まで歩かせた。向こう側に引き渡すという話だが、現場が混乱していて、誰がそれを決定したのかも伝わってこない。

そこで畑は、研究所に電話を入れさせた。

「誰か立て籠もりや人質交渉の訓練を受けた人はいるか」と聞いたが、機動隊も陸軍の士官も首を振るだけだ。所長が電話口に出たので、結局、畑自身が応対することになった。

「所長、私は地元消防団の分隊長です。畑と申します。研究所のすぐ外の土地をもっている。警察署長や軍の幹部が逃げたので、自分が喋っています。一応、軍隊経験は長かったのでね。まず単刀直入にお聞きしますが、あなたは今自由に喋れますか」

「はい。ここには武器を突きつける兵士はいません。日本語を理解する士官に聞かれてはいるが、私が話す内容への制約は全くありません」

「そうですか。それで、マンデラ病に感染していた中国人研究者を施設に戻すよう要請があったようですが、これは施設側として問題無いですか」

「問題はありません。彼は必要です。ここの研究者なので、施設を占拠する部隊に触っていいところと危険なところを教えてくれるでしょう。施設の機械が、それぞれどんな役割を担っているかも熟知している」

「中国が事前に送り込んだスパイだという可能性はありませんか？」

「それを心配したらきりがないでしょう。そもそも彼は中国政府の国費研究者ですからね。ここに隠すようなものは何も無い」

「わかりました、彼を通しましょう。ただ、こちらにも条件がある。人質を何人か解放してほしいのです。施設運営に必要の無い地元採用の職員から順に」

「それは良いアイディアだ。女性と高齢者から順に解放をお願いする。リストはすでにあります。中国軍と交渉してみます。しばらく時間をください」

「思い切りふっかけてくださいね。一〇〇人くらいと交換だとかね」

「それと、ここの研究者の食料が必要です。二、三〇〇人分はほしい。パック入りの保存食で構いません」

「それは今、準備させています。そちらの様子はいかがですか」

「兵士は皆紳士的で、特に問題は起こっていません。こちらとしては、彼らに施設概要を説明できる中国人研究者が早くほしいのです。ところであなたは本当に消防団員なのですか」

「ええ。研究所と地元農民の定例会にはなるべく顔を出すようにしています。事務長のノートには、地域の顔役として名前が載っていますよ。軍隊時代、人質事件は何度か経験しました。リラックスして、なるべく普段通りに過ごしてください。ストレスを溜め込むと判断ミスを犯し、体調も悪くなる」

「そうします。お気遣いに感謝します」

リニア新幹線や在来線駅とを結んでいたシャトルバスが、何台か研究所に置き去りにされていた。そのバス二台に、五〇人の職員が分乗して向かってきた。

畑は交換で施設に戻す黄志強《ホアンチィチィアン》博士に北京語で話しかけた。彼は四〇歳前後で、いかにも病み上がりという雰囲気だった。

「博士は、事前に聞いてましたか。解放軍の行動を」

「まさか！　馬鹿げている。この研究所にできることは何もない。病院でニュースは見ていたし、世界中の物理学者がシンクを巡って議論していることも知っていたが、粒子加速器があったからといって、何ができるわけでもない。私は早く国に帰りたい。この世界は終わる。あなたたちもこんなくだらない騒動に付き合う必要はないのです」

日本側バリケードの一五〇メートルほど向こうで、解放軍の士官が迎えにくるのが見えた。

「そういえば、この辺りの出稼ぎの中国人はどうしたのですか」

「半分以上は帰国しました。危険を感じとっていたようです。うちでは、仕事を続けたいという若者にはそのまま残ってもらっていますが」

「彼らも早めに帰国させた方がいいです」

「そうですね。ではお気を付けて、先生」

博士が、センターラインに沿って歩いていく。辺りを見渡すと、農家のドローンはまだ飛び回っていた。その僅か上空を、陸軍のドローンが舞っている。

糧食を節約するためか、兵士らが排水溝に降りてジャンボタニシを獲っている様子が見てとれた。

「先生――」

畑は黄の背中に向かい再び呼びかけた。

「彼らに教えてやってください。そのジャンボタニシを素手《すで》で獲るのは止めろと。淡水貝の寄生虫は、それだけ危険です」

黄博士がわかったと手を振った。

サバイバル訓練で、ジャンボタニシを何度か食べたことがある。調味料を使えば、確かに田んぼのエスカルゴと言えなくもなかったが、軍隊の訓練ですら、危険だからなるべく避けよと指導されていた。まだ蛇《へび》の方がマシだ。

日本軍には、かつて太平洋戦争で飢えた兵士や住民がこの手の巻き貝を食べ、痛い目に遭った苦い記憶があった。

テントに戻ると、特戦群が出てくるという知らせが届いていた。

信州、松本に近い別荘地に、日影博士が伯父《おじ》から引き継いだ洒落《しゃれ》たペンションがあった。日影博士は、仲間とともにそこで小さな農園を営み、長らく隠遁《いんとん》生活を送っていたのだ。

陸軍心理戦研究班の司馬光大佐は、日影とともに共同生活を送っていたという三〇名ほどの老若男女のうちの数人と話し、すぐ状況を飲み込んだ。

彼らはいずれもマンデラ病の重症者だった。マンデラ病の症状は様々だが、だいたいはただの風邪だ。肺炎まで進行することは滅多になく、なぜかすでに抗体をもっている者も一定数いて、司馬もその一人だった。いつの間にか強い抗体をもっていた。

しかし時々、精神面で強い症状を発することもあった。幻想というか、幻覚に捕らわれるのだ。もうひとつの歴史を、幻想として体験し、記憶してしまう。

感染者のほとんどは、それを夢程度にしか思わずにすぐ忘れるが、ごく希にそれを強烈な白昼夢のように感じ、しかも実体験のように忘れることもしない感染者がいた。彼らはその世界の自分の姿と、今とのギャップに悩み、精神的に追い込まれていくこともあった。

ここは、そういうトラウマを抱えた人々の避難所のような場所だったのだ。

不思議なのは、なぜ彼らがここに辿り着いたかだ。出身地は日本全国に散らばっていて、信州に縁があるわけでも日影の知り合いだったわけでもないようだ。

それを日影に尋ねると「偶然と確率は、量子力学でもなかなか答えが出ないテーマだけど、深く考えないことです」と煙に巻かれた。

司馬は、この大人数は抱えきれないので、ひとまずこの別荘にいた人たちには近くの空き別荘に移動してもらうことにした。

日影と一緒に誘拐された二人が残ってくれれば彼らの世話はできる。日影が言うところの、〝前世〟で同棲していたという二人だ。

指揮所のドーム型テントを、別荘のすぐ下の林の中に建てさせた。カムフラージュ用のネットをかけて、別荘からの視界を妨げないよう気をつけた。

二階テラス部分からの夕焼けは絶景だった。日影がここを気に入った理由がよくわかる。人生の最後を迎えるには、良い場所だろう。

二階の大広間には、ホワイトボードが何基か持ち込まれ、萌が持参したメモの拡大コピーが貼られていた。

三人の天才たちは、日没までそれを眺めて議論していたが、ついに全員が軽く睡眠をとることになった。司馬の命令だ。

現代人はなぜか睡眠を軽く見すぎだが、睡眠不足は間違いなく疾患の一つだ。

昨夜、ここで解放軍に誘拐された全員が眠りにつくと、司馬は一階のラウンジ兼食堂でコーヒーを淹れて飲んだ。原田少佐が「付き合いますよ」とテーブルの向かいに座った。

「本物の医者がいてくれて助かるわ。彼女の様子はどう」

「さあ？　ぐっすり寝ているんじゃないですかね」

原田の妻だと言う榎田萌＝孔娜娜《コンナナ》は、一階の奥の部屋で睡眠導入剤を飲んで寝ていた。

「あなた、何か思い出した？」

「まさか。彼女が言っていることが事実だとしても、彼女が結婚していたという相手は別の世界の自分でしょう。僕であって僕じゃない」

「そのことだけど、平行世界にいるもう一人の自分ではなく、あたしはあなた自身だと思っています。つまり、われわれはその平行世界とこちら側を往き来している。これまでのマンデラ病患者の証言を繋ぎ合わせると、そうとしか思えないのよ。

皆が語るあちら側の世界は、複数じゃない。一つです。なぜなら、総理大臣や合衆国大統領も同じなら、中国が発展して日本が衰退していたという話にも一貫性がある。私たちは皆、同じ一つの向こう側の世界を経験している。平行世界がいくつあるかは知らないけれど、この世界に影響を及ぼしているのは一つか二つね。あなたは自分にも別の人生があったかもと思うことはない？」

「先生、僕は海軍の生徒隊にはじまり、空軍、陸軍を渡り歩いた人間です。それを言い出したらきりがない」

「でもあなたはそれだけ自分探しに熱心だったということよね。なら、どこかで彼女と人生が重なっていたとしても不思議はない。今はたまたまその記憶がないだけで」

萌が起きてきた。化粧気はないが、若くて鋭気に満ちあふれている姿が司馬には羨ましかった。

「まだ寝てていいのよ。借り物のパジャマだけど、似合ってるわ」

「私、何時間くらい寝てたんでしょうか」

「まだほんの四時間です」

「でも私、若いから四時間も寝れば十分です」

「お父さんはまだ寝たばかりです。もうしばらくそっとしておきましょう。何なら明日の朝まで。あなたの記憶が戻らないと、このメモは手に負えないと言ってたから」

「記憶は、いつかは戻るはずです」

萌は当然のように原田の隣に座ると、彼が飲んでいたコーヒーのマグカップを「頂戴」と言って口を付けた。

「原田さんは全然覚えていないと言うんですけれど、あなたが結婚していた相手というのは、この世界の原田さんなの？」と司馬が尋ねた。

「そうです。ここにいる彼です。猫の話をしましようか？　確か、ダーリンが小学四年生の頃、捨て猫を拾って帰った。あなたの人生で、一番悲しかった出来事だと教えてくれたのよ」

　原田の顔色が変わった。真っ青で、言葉に詰まっている感じだった。

「それは……あり得ない。誰にも話したことはない。人に話すようなことでもないから」

「でも、私には話してくれた。泣いちゃったけど。私はいくつかの世界でダーリンと一緒に過ごしたけど、その相手はいつも一人です。同一人物。それぞれの世界に別のダーリンがいたわけじゃない。今はまだうまく説明はできないけど」

「不公平だ。君は覚えているのに、僕は何一つ知らないし、記憶も無いなんて」

「私は逆にちょっと楽しいわ。出会いを最初からやり直せる」

　萌は悪戯っぽく笑った。

　こんな夢見る乙女《おとめ》の頭に全宇宙、全人類の命運を左右する知識が入っているなんて、司馬はそれこそが信じられなかった。

第十一章　第五航空艦隊

西方航空方面団司令官の碧葉《あおば》傑《すぐる》空軍中将は、自分専用の司令官機ホンダ・ジェットLRを自ら操縦して夕暮れの海軍鹿屋《かのや》基地に降り立った。

着陸寸前、基地のあちこちに陸軍の防空ユニットが配置されているのが見えた。いずれも四〇〇キロワット級のレーザー砲を搭載している。未だに二〇ミリの機関砲もあるにはあったが、射程距離や連射性能でもレーザーの方が上回っている。

ハンガー前のエプロンでは、P－1哨戒機が数機駐めてあるだけだ。だが、戦闘機はひっきりなしに降りてくるし、離陸もしていく。ここはまさに最前線だ。

ここは、かつては哨戒機基地だった。だが憲法が改正され、海上自衛隊が海軍に戻り、ヘリ空母を保有すると決まってから、これらの戦闘機の陸上基地となった。

その後は正規空母の戦闘機部隊も置かれ、海軍飛行隊として日本で一番賑わっている。ヘリ空母用のF－35B型戦闘機が二個飛行隊、正規空母用のF－35C型戦闘機が一個飛行隊配置され、戦闘機だけで八〇機近い大所帯だ。

これだけの数の戦闘機が一箇所に配置されている基地は、空軍には無かった。

碧葉はセダンに乗って出迎えにきた第五航空艦

隊司令官の岩切仁史《いわきりひとし》海軍少将とともに、管制塔横のハンガーへと向かった。

「提督、こんなにでかい基地の司令官が少将だというのは意外だな」

「少将は少将でも、棒給上は一番上らしいですから」

「そうは言っても、確かここを終戦時に指揮していた草鹿龍之介《くさかりゅうのすけ》は中将だっただろう」

「そういう意味なら、海軍としては、戦闘機部隊をもっているからといって、迂闊に航空部隊で将官ポストを増やしたくないんですよ。提督がパイロットだらけになったら空軍でいいだろうという話になって船乗りが嫌がる。私だって、最初はP－3C乗り。戦闘機に乗れと命じられた時は、正直迷いました」

「これまでは何とか支えたな」

「機体の性能差のおかげです。われわれは二一世紀のステルス戦闘機に乗っているが、敵はベトナム戦争時代の骨董品の戦闘機でやってくる」

「気を悪くしてほしくはないが、同感だ。だが、戦闘機の七割を出撃させたのは海軍さんだ。部下を誉めてやらんとな」

ハンガーの中央には、整備教材用として常設されているF－35Cが鎮座している。その前に、手隙な兵士たちが集まっていた。ほとんどは整備兵らで、パイロットは数人だけ。戦闘機のパイロットたちはまだ空母の艦上だ。補給や整備でちょこちょこと陸上基地に帰ってくるが、ここで寝るほどの時間はなかった。

碧葉は壇上に上がり、マイクの前に立った。カメラが回っている。この映像は、東シナ海に展開している海軍艦艇にも後で届けられることになっていた。

「――まずは、海軍航空隊の諸君にお礼を申し上げる。われわれはこの二度の東シナ海海戦で、人民解放軍の戦闘機三〇〇機前後を撃墜した。こちらの損害は幸いゼロだ。いや、軽微というべきかな。さすがに一機も失わずにというわけにはいかなかった。空軍もいくらか手助けはしたが、九割方が海軍戦闘機の活躍で撃退できた。もちろん、今もまだ敵の攻勢は続いている。数十機で押してきて、われわれが向かうとすぐさま大陸へ引き返すという手法をとっている。残念だがここ五、六時間はたいした戦果は上げられていない。こちらはひたすら燃料を使い、兵士を疲弊させている状況にある。いくつか説明の必要があって、私がここに来た。

第一に、東北地方で起こっている状況に関する説明だ。すでに報じられている通り、中露の合同部隊が世界最大の粒子加速器を奪いに空挺降下してきた。陸軍はその兵力を旅団規模と見積もっているが、具体的な規模は不明だ。重機も空挺降下させたところから、最低でも三〇〇〇名は下らないだろう。四〇〇〇より多いか、とにかく大部隊だ。飛来した輸送機は五〇機未満だが、とんでもない数を詰め込んでいたようだ。主体は中国軍で、ロシア軍は中隊規模での参加ということだ。残念ながら虚を突かれた。空軍の大半の戦力を九州へ振り向けたせいで、対応する部隊を出せなかった。これは空軍の責任だ。爆撃して敵を一掃する予定だったが、爆撃の震動が研究施設の機器に影響を与えるということで、それはペンディングとされた。最終的にどうやって敵を制圧するのか、空軍は聞かされていない。

第二に、ここ東シナ海での中国軍の狙いについて。最初の大攻勢は、明らかに空挺作戦を成功させるための陽動だった。今現在繰り広げられている作戦は、引き続きわれわれを東シナ海に留め置くための牽制であると判断できる。牽制しつつ、こちらのロジが破綻することを期待しているのだろう。事実、燃料はともかく弾薬類は危うい状況にある。これをもう一晩続けられた後、明日の今頃、また数百機の戦闘機部隊を繰り出されては、われわれのミサイルは払底するだろう。敵は旧式機が主体とはいえ、これは数の暴力だ。戦場でも通用する。

第三に、われわれは二正面作戦を強いられている。粒子加速器を巡り、今後、中露がどう出るかわからない。さらに部隊を送り込んでくる可能性も否定できず、さすがに二度も同じ状況を看過できない。そこで、まことに遺憾《いかん》ながら東シナ海に展開していたわが空軍の戦力を、相当数本州へと戻すことになった」

ここで微かにどよめきが起こった。不穏なオーラが兵士たちの間に駆け抜けるのを、碧葉は肌で感じとった。

「本当に申し訳ない。第四に、その穴を埋めるために、われわれもいろいろ考えた。アメリカはモハベ砂漠にモスボールしているF－2改戦闘機五〇機を急遽復帰させることを検討したが、アメリカ本土から運ぶ手間も考えると、最低でも一週間はかかる。そこで、外務省に仕事をしてもらった。台湾空軍がこちらにつく。台湾空軍に供与したF－2改戦闘機の二個飛行隊が、われわれに味方してくれる。米空軍は、嘉手納《かでな》にF－22A戦闘機の一個飛行隊を増派し、少なくとも沖縄本島を含む南西諸島の防空に関しては考えなくてもいいことになった。諸君らが守るのは、九州本土から奄美《あまみ》本島までのラインだ。これで少しは楽になるだろう。空軍からの報告は以上だ――」

代わって岩切提督が壇上に立った。

「誤解のないよう補足するが、空軍の全戦力がここから離脱するわけではない。ゴールデン・イーグル部隊もいれば、F－3〝雷電《らいでん》〟も一部は新《にゅう》田原《たばる》での運用を継続するし、引き続き空中早期警《AW》戒管制《ACS》指揮機の支援も受けられる。ただし、若干寂しいというか厳しくなることは事実なので、連合艦隊はかなり九州本土寄りに展開することになる。そうすればミサイルを撃ち尽くしても、佐世《させ》保《ぼ》ですぐに補給ができる。従って、佐世保は絶対防衛圏ということになる。守り抜かねばならない。それで、中国海軍の艦艇が東シナ海の中間線を越えるようなら、われわれは容赦無く対応する。警告し、撃沈もする。いつまでこの状況が続くかはわからない。明日終わるのか三日は続くのか。いずれにせよわれわれは、敵が望むなら解放軍の全航空機を叩き落とすまでやり抜く」

　しかし、言うほど簡単ではなかった。艦船の対空ミサイルは枯渇《こかつ》しつつある。空母部隊が積む戦闘機用のミサイルもだ。それを補給するために、ローテーションを組んで佐世保に戻さねばならないのだ。

「佐世保は当然、潜水艦の的にもなる。哨戒機部隊にもしっかりと働いてもらう。長丁場になるぞ。緊張感をもち、同時に休息もとってミスを防いでくれ。今世界で起こっていることに関しての不安もあるだろうが、われわれは、まずすべきことをしなければならない。国防の任に当たる兵士として、最善を尽くそう。以上だ」

　スピーチが終わると二人は、さっさと迎車に乗り込んだ。ホンダ・ジェットはエプロンで離陸準備を終え、碧葉が戻るのを待っていた。

「すみませんね。お茶も出さずに」

「ここの基地防空は大丈夫？」

「出番がない陸軍が頑張ってくれています。これだけの数のレーザー砲があれば空対地ミサイルは防げる。問題は大陸間弾道ミサイル《ICBM》の飽和攻撃だが、そこまでやる覚悟が敵にあるか……。空挺にも備えて陸軍は一個連隊出すと言ってきました」

「それがいい。正直、あちこちの基地防空まで手が回らない。それとAWACSの話だけど、機数が足りない。東北地方に回すことになるかもしれない」

「すると、空軍は指揮権をうちに預けるということになりますが」

「海軍さんのE-2D早期警戒機では、指揮管制まではできない。その場合は空母〝加賀《かが》〟でやってもらうしかないな」

「わかりました。そのつもりで諸々準備させておきます。……それにしても中露はあんなところを占領して、何をやりたいんですか?」

「さっぱりわからんよ。これで仮に世界が終わるとしても、粒子加速器で何かができるとは思えない。私はしばらくはAWACSで指揮をとる。ぎりぎりまで粘るつもりだ」

「期待してます」

碧葉は再び自ら操縦桿を握り、三菱ME-7A空中早期警戒管制指揮機《AWACS》が待つ新田原基地へと離陸していった。

奄美から南を考えなくてもいいというのは助かるが、そもそも海軍の戦闘機は制空や防空を主任務としていない。それはあくまでも空軍の仕事だ。

海軍戦闘機の任務は、第一義的には艦隊防空。これから勝手が違う作戦に挑まねばならない。

黄志強《ホアンチィチィアン》博士は、研究所に戻ると、まず所長の名越堅太郎博士と、中国軍を率いているという銭星《チィエンシン》陸軍少将の出迎えを受けた。

吹き抜けの階段を上がり、カフェテリアに落ち着く。

「元気そうで何よりだ」と名越が英語で話しかけてきた。

「すみません、所長。自分は、どこかに立て籠って機械を破壊しようとしたそうですが、全く記憶にないんです」

「わかっている。マンデラ病にかかるとそうなる。ピークを過ぎると正気に戻り、その時のことを忘れる。博士は、向こう側の世界を見ましたか」

いきなりその質問が飛び出したことに、黄博士は眉をひそめた。

「〝盗まれた中国〟ですか？　あれは科学じゃなくただの妄想ですよ。その妄想なら見ました。……私はアメリカのとある有名大学で教壇に立っていました。あまりにも馬鹿げているので、大学名を出すのは勘弁してください。確かに〝盗まれた中国〟はあった。それより、個人的にはあのドナルド・トランプが大統領になってアメリカが大混乱していることの方がショックでしたけどね。中国が共産主義体制のまま発展して、逆に日本が没落しているなんて、ただの妄想、あるいは日本の繁栄に嫉妬した中国共産党の願望です。それ以上のものではない。この話は、もうやめましょう。所長、自分の使命はこの馬鹿げた占領を終わらせて、一日も早く兵士を家族のもとに帰すことだと考えています。最期くらい家族と一緒に過ごさせるべきだ」

黄博士は、後半を銭将軍に向けて北京語で言った。

「博士、彼らが要求しているのはこの施設の概要の解説です。危険なエリアや、常時保守が必要な機械や冷却装置などを解説し、事故がないように努めていただきたい。それは、施設長としての自分の希望でもある」

「名越博士が仰る通りです、黄博士。われわれは施設を破壊しにきたのではない。いざという時に確実に動くよう、事故の無いようにしたい。そのために協力を仰ぎたいのです」

銭少将は英語で、嚙んで含むようにゆっくりと喋った。

「所長、彼らは、本気でそんなことを考えているのですか?」

「……われわれにできることは無いとは説明したよ」

「この世界を救うことすらできないのに、〝盗まれた中国〟を取り戻すなんて……。どう言えばいいのか。火打ち石を発見したばかりの人類に、核分裂を起こせと言っているようなものだ。シンクという現象すらよくわかっていないのに」

銭少将は名越に向かって日本語で「少し、二人だけで話していいですか」と許可を求めた。

「私が許すような話ではない。黄博士が納得させられるなら何よりだ。しばらく席を外します。とにかく黄博士、この施設を傷つけないためにも、あなたの解放軍部隊への協力は不可欠です。私としては、それなりの信頼関係を結んでくれることを希望します」

名越はそう言い残すと席を立った。

「ようやく病気から立ち直ったと思ったら、こんな馬鹿げた事態に……」

「博士、孔永革《コンヨンコ》博士は、あなたの師匠ですね。今どこにいるかご存じですか」

銭少将は黄博士の隣に座り直し、右手を握って尋ねた。

「どこにいるかは知りません。私も一刻も早く連絡を取りたいが、発病してからは携帯も取り上げられていた。おそらくは北京のご自宅なのでは」

「では、日影宗貞博士はご存じですか?」

「知っているが、会ったことはない。進化限界説を唱えたが世捨て人となって、ここの日本人研究者ですら彼の消息はわからないはずだ」

「実は今、二人は一緒にいるのです」

「まさか！　どこで、どうやって」

「まず情報部が日影博士の隠遁《いんとん》先を探し出し、孔博士を日本に呼び寄せて議論させています。一昼夜議論したが結論は出ないままで、日本側の奪還作戦に遭遇したらしい。今は二人とも、どこにいるかはわからない」

「それは……」

黄博士は一瞬絶句した。

「確かに二人とも天才中の天才ですが、シンクを巡る研究はまだ雲をつかむような状況なんです。この現象を解き明かすには、最低でも一〇年はかかるでしょう。何百本もの論文が書かれて、ようやく正体が解明されるはずだ」

「でも、時間は無い」

「ええ。私が入院する前と状況が変わっていなければ、時間はあまりに少ない。シンクは最終的に、この星そのものを破壊する。だからこそ、兵士たちを家に帰すべきだ」

「どうせ死ぬなら、われわれは任務を全うして死にます。兵士を家族に会わせたという満足感を得たところで、その三日後に世界が消え去るのでは話にならない。先生は馬鹿げていると思うでしょうが、中国はまだまともな方です。われわれはせいぜい、あったかもしれない成功した中国を取り戻したいと思うだけだ。だがロシアに至っては、シンクの謎を解明して兵器として利用しようと考えている」

「ロシア人が考えそうなことだ」

「博士は、進化限界説をどう理解していますか」

「仮にそれが事実、ここで起こっているとしても、われわれにできることはない。この施設を維持して待機する意味があるとは思えない」

「私もそんなにうまい話があるとは思えない。党や軍にとっても、どうせ滅びるならやって損はないだろうという判断です」

「その絶望感はわからないでもありません。ただ、ここにわれわれが居座るということは、日本人もそれに付き合わされるということですよ。軍隊の兵士や、研究所の職員たちも――」

「それも致し方無いが、とにかく、協力をお願いしたい。ロシア人のエフゲニー・ウリヤノフ博士とは、付き合いはありますか？」

「もちろん。中露の研究者は、仲が良いですよ。われわれはここでは異端者だ。われわれは、溶け込むまではスパイ扱いですからね。彼は、ロシア人にしては珍しく誠実な研究者だ」

「われわれが知るべきことは、施設の維持と、いざ稼働させる時の手順です。万に一つ、希望を見出した時のために備えておきたい」

「いいでしょう。ここに留まるのはいいが、何かができるわけじゃない。自分が生きた証として、協力はします。ただし、約束してください。研究者や職員は一人も殺さない、銃で脅さないと」

「約束しましょう。名越所長は協力的な方だ。何というか、出世するだけあって敵対する人間の扱いに手慣れている感じがする。信頼とは少し違うかな。むしろ、ロシア人はちょっと……」

「ええ、わかります。気をつけましょう。ウリヤノフ博士とも、そういうつもりで付き合いますよ。ここは施設全体がコアと呼ばれていますが、本物のコアをご覧になりましたか」

「いや、そこが一番大事なシステムらしいから、一個分隊を置いて守っているが、なにぶん忙しくてね」

「では、まずそこからご案内しましょう。兵士諸君にも、ぜひ知ってほしい。これがどんなに素晴らしい施設なのか。ここで死ぬしかないとなったら、この世界でもっとも高価で精密な機械を知って死ねるのは、少しは運が良かったと言えるでしょうから」

「あれは電流コイルだよね、超巨大な」

銭が少し皮肉げに言うと、黄博士は「ええ、まあ」と笑った。

「いわゆる電流コイルと言って差し支えはないと思いますが、人類が作った最大出力の電流コイルです。見る価値はあります。その偉大さを理解できれば、ここで戦争をしようなどとは誰も考えない」

カフェテリアに、中華料理の強烈な匂いが漂ってきた。それは正面ホールに届けられた、大量の夕食から漂ってきたものだ。

よくても冷えたピザの類が届くものと思っていたら、パック詰めされた料理がトラック数台分届いたのだ。その匂いが、カフェテリアを通り越してその奥の食堂まで漂ってくる。

カフェテリアは研究員限定だったが、食堂は職員も出入りの作業員も自由に使える。ただし、食堂は数日前からすでに閉まっていた。

ホールに届けられた夕食がその食堂へと上がってきた。日本食はなく、中華とボルシチが二〇皿ほどあった。

食べていいものかどうか、指揮官が呼ばれた。ユーリ・ガガーノフ陸軍少将は、スープが入ったパックを開け、スプーンを取って一口食べた。そして怪訝そうな顔をした。

「私は、ヨーロッパで何度もまがい物のボルシチを食べたことがあるが、これは本物。ロシア風の味付けだぞ」

　スペツナズを率いるアレクセイ・ボロディン大佐もそれを食べた。

「なるほど、敵もたいしたものだ。食い物で釣ろうなんて。しかも士官分しかない。いずれ一般兵が文句を言いはじめることでしょう」

「個数を数えて、兵にくじ引きさせろ。公平にな。博士も食べるかね?」

　ウリヤノフ博士に聞く。

「いいえ、自分はもう味は知っているので。美味いですよ。平泉の繁華街にロシア料理屋がありまず。昔、ここを旅行して気に入ったというロシア人男性が経営しています。ロシアから研究者チームがやってくると、そこに連れていくのです。この騒動で、てっきりもう国に帰ったと思っていた」

「所長に礼を言ってくれ。できれば昼と夜、作れるだけの料理を運んでほしい。代金はUSドルで払うと。兵が喜ぶだろう。それと、中国人研究者が現れたようだから、博士は、細部を詰めてくれ。いつでも稼働できるように」

　ウリヤノフ博士が去っていくと、ガガーノフは声のトーンを落として「例の件だが……」とボロディン大佐に聞いた。

「ニュースはないから、順調だということでしょう。直接の連絡はとらないことになっています。使いどころがあればいいですが」

「とりあえず、夜明けの爆撃や砲撃は無くなったと考えていいのかな」

「初歩的な塹壕掘りは終わったようなので、明日何もなければ解放軍はもう少し堅牢な陣地構築を開始するでしょう。いくら世界が終わるとしても、他国の軍隊が居座ることを黙認するほど国家は甘くない。どういう手段になるかはともかく、敵は必ず仕掛けてきますよ。下のホールは野戦病院に変わり、血の海となる。中国軍の指揮所は、どこかに移動させた方がいいでしょう」

「そうだな。建て屋の外壁に沿ってテントでも建てさせるか。そうすれば、おいそれと攻撃はできない」

下のホールに至るまで、料理の匂いが充満した。よくない傾向だ。戦場では、食べ物を巡る感情のもつれは必ず兵隊の士気に悪影響をもたらす。皆、同じ場所で冷えた食べ物を喉に流し込むからこそ、連帯感が生まれるのだ。

本来なら、こういう贅沢は敵の心理戦だと切って捨てるべきだが、作戦行動がいつまでかかるか目処が立っていない今の状況では、持参した携行食料は極力、温存しなければならない。

蛇、野良猫、野良犬、鹿、猪《いのしし》、熊《くま》など、野生動物はなんでもつかまえて食材として利用せよと命じてあった。

もっとも、中国兵が熱心に集めている田んぼのエスカルゴだけは喰うな、触るなとは厳命していたが。


信州のファームでは、二人の男女がブランコに乗って星空を見上げていた。

耐用年数を過ぎて公園から撤去されたものをもらい受けて、ペンションの裏にある畑の真ん中に据え付けたものだった。

畑は、なだらかな丘になっている。そのブランコに乗ると、七〇メートルほど離れたペンションを見下ろす形になった。昼間、ブランコを漕ぐと、稜線の向こうにアルプスの山々が覗く。夜の空を仰ぎ見れば、満天の星空だ。

二人の男女——井口《いぐち》荘司《しょうじ》と香菜は、これまでそのブランコに乗ったことは無かった。

二人は別々の時期にここへ来た。香菜を街で偶然見かけた井口が追いかけてきたのだ。その二人が〝前世〟で一緒に暮らしていたらしいとわかった時、日影は「これぞ量子もつれだな」と笑ったものだ。「男と女を結びつける赤い糸とは、ある種の量子もつれだと物理学者は大まじめに信じている」というのが日影の持論だった。

ブランコの近くには、丸いテーブルとベンチが置いてある。日影がたまにここにきて何かをノートに書いているという話だった。

しばらくすると魔法瓶とマグカップをもった司馬大佐が現れて、テーブルにそれらを置くと、コーヒーを注いで飲んだ。

畑を登った丘の上には、警視庁のSWAT隊員が警備に立っており、黒いシルエットだけが見える。その外周は陸軍が固めていた。

数機のドローンも上空を舞っているはずだったが、エンジン音もモーター音も聞こえなかった。

「先生は、カップルのカウンセリングとかもなさるんですか」

「変な話だけど、軍隊では夫婦のカウンセリングは結構多いのよ。私の本業は戦場トラウマだけど、現実にやっていることの半分は夫婦のカウンセリングね。軍隊って娑婆《しゃば》との付き合いが少ないから、知り合うのは職場が主になる。でも職場結婚にはそれなりのハードルもある。任務は二四時間だし、海外派遣もあって生活はすれ違いになる。おまけに女の方が頑張り屋だから、結婚後に階級が逆転するのも当たり前。うまくいく方が少ないわね。お二人はきちんと記憶を取り戻せたの？　珍しいわよね。普通マンデラ病は、あちら側の記憶はどんどん薄れていくもの。ごく希に全く忘れない人はいるけれど、だんだんと蘇ってくるという人は滅多にいない」

「そうなんですか。でも酷いんですよ、僕は実はたいして記憶は蘇っていない。二割か三割ぐらいかな。だけど香菜さんは、僕がここに来た時から全部記憶していたと言うんだから」

「誰にも守りたい秘密はあるものよ。無理に話すことはないわ。あなたがこちら側でも香菜さんとの関係を構築したいなら、無理強いはしないことね」

「私、夢があったんです」と、ここで香菜がぽつりと口を開いた。

「この人、数ヶ月おきに仕事をクビになりながら、いつか夢は叶うと言ってくれたんです。私はそれに励まされもしたけど、でも、もうそれは適わないことはわかりきっていた……」

「もしよかったら、その夢って何か教えてくださらない？」

「自分のお店をもちたかったんです。見渡す限り牧草地が続く高原、遠くには雪を被った日本アルプスの稜線が見える——そんな場所に一軒家を買って、それを古民家風に改装する。テーブルは掘りごたつの、パスタ屋を開きたかったんです。昼は十一時開店。午後は観光客相手にティータイム。お酒は出さないから、夜は早めの八時には閉めて……」

「お酒は出すべきだよ。客はドライバーだけじゃない」

井口が口を挟んだ。

「あなたは、あっちでもいつもそう反対したのよ。でもアルコールを出すと閉店時間が遅くなる。家族の時間というか、二人の時間が無くなるわ」

「こっちの世界でも、無理なことではないでしょう」

「ええ。でも、もういいんです。この人とは何かの縁があるんでしょうけど、この世界が無くなるというなら私は運命を受け入れます」

「それでいいの？」と、司馬は井口に聞いた。

「僕は生来の楽観主義者です。もしこの危機を乗り越えたらまたこつこつ働いて、彼女の夢の実現に協力しますよ。人生は長いですからね。彼女には、疲れたら休めばいいとだけ言います。でもずっと疲れたままじゃいけない。いつかはここを出る日がくる。僕は彼女の人生に寄り添いたい」

「そうね。時間はあるかもしれないし、ないかもしれない。もし時間がないとしたら、二人はただ寄り添って愛し合い、最期の時を迎えるべきだし、時間があるとしたら急ぐことはないわ」

下から誰かがマグライトを持って登ってきた。原田少佐だった。

「あら、あなたたちももう寝た方がいいわよ」

「僕はまあ、兵士としても医者としても、睡眠の取り方は訓練されていますからやりくりしますよ。

ところでここに残された民間人はお二人だけです。昨夜から大変でしたし、ここに留まる義務はもうありません」

「でも誰かが先生の身の回りの世話する必要はあるし、ここの維持もしなきゃならないでしょう。どこにいても同じなら、私はここに残ります。むしろ麓に降りて仲間と一緒になったら、この一昼夜のことを話さなければならない。不安を与えるだけです」

香菜がそう言った。

「無理に降りなさいという立場ではありませんから。大佐、客人のことでちょっとお話が……」

「奥さんのこと？」

「ですからね」

原田は困った顔というか、迷惑顔をした。

「あなたたちにもカップル・カウンセリングが必要かもしれないわね。時間はいつでも空いているわよ」

司馬は、マグカップと魔法瓶を持って歩き出した。道に沿って蛍光テープが貼ってあった。

「彼女が、母親に会いたいと。羅門先生も、道義上そうすべきだと言っています。せめてテレビ会議くらいセッティングできないものかと」

「でも、中国側には平行世界から娘が蘇ったなんてことは教えてないのよね。もし彼女の存在が知られたら、彼女の身元を詮索し、奪還作戦を仕掛けてくるかもしれない。動画メッセージを撮影して、母親に届けるのでは駄目なの？」

「せっかく父娘の対面が適ったのに、それは酷ですよ。ほんの数分でいいんです」

「おそらく孔博士の奥様は、人質として監視下にあるはずよ。彼女の存在を秘密にして、母親と会話させるなんて無理じゃない？　どこかの中立国の大使館に連れ出すとかしない限りは」

「やはり、それですよね」

「あるいは、彼女を守り切れるという自信があるなら、形はどうあれ日本で生きていた娘さんが見つかったことにして、スマホで会話させるという手もあるけれど」

「母親と再会させることで、彼女の記憶の回復が加速されるかもしれません」

「そういう効果は、十分見込めるでしょうね。策を練りましょうか」

別荘越しに、麓に展開する部隊の車両が見下ろせた。中露はとっくに、孔博士がどこに拉致されたか気づいているはずだ。彼女の存在を隠し通すことにどれほどの意味があるかはわからない。だが、その正体が露呈したら間違いなく争奪戦になる。

それを回避するためにも、彼女が何者かは隠し通したいところだった。

東シナ海北方の海上に連合艦隊は展開していた。利根型イージス巡洋艦一六隻に、赤城型航空母艦二隻、大隅型強襲揚陸艦も控えている。

艦隊の指揮をとるのは、赤城型原子力空母二番艦〝加賀〟（八〇〇〇〇トン）であり、そこに展開する二隻の正規空母と強襲揚陸艦二隻は合計一五〇機もステルス戦闘機を搭載していた。

連合艦隊司令長官の郷原《ごうはら》智《さとる》海軍中将は、〝加賀〟の旗艦用司令部《FIC》作戦室で、鹿屋基地での空軍将官の演説を見ていた。

「まあ諸君、米空軍の増派と台湾空軍の参戦を考えれば、さしたる戦力減とは言えない。敵の新鋭機はあらかた片付けたし、敵の進出も散発的だ。この状況下でわれわれに不利なことと言えば、武器弾薬の減少とパイロットや整備兵の疲労ぐらいか。その程度だろう？」

艦隊航空参謀の淵田《ふちた》祐太朗《ゆうたろう》大佐に同意を求めた。

「はい。これが本土防衛作戦であることを思えば、疲労は根性で乗り切れます。そもそも絶対国防圏である本土をバックに戦えることを思えば、この程度のことで根を上げるのは贅沢というものです」

「珍しく意見が合ったね。それで、艦隊はさらに本土寄りに展開するとしてだ。敵は倍の距離を飛んで往復することになる。となると、旧式のミグ−21は出てこられないし、それを元に開発されたFC−1戦闘機も、増槽を下げてもぎりぎりの距離ということになる。出てこられるのは、ロシア製の戦闘機のみ。彼らが片道特攻に目覚めない限りは、しばらく静かになると期待したいが、敵は中間線まで出て来て引き返すことを繰り返すだろう。われわれは削れるチャンスを無駄にせずに攻撃を仕掛ける。それと同時に、われわれの展開エリアが狭まることで潜水艦攻撃には脆弱になる。対潜哨戒は、ますます密にな。万一、こちらが犠牲を払うようなら、われわれは倍返しで意思表示する。巡洋艦一隻が攻撃されたら二隻を沈める。引き続き、日本側のワンサイド・ゲームであるという事実を敵に再認識させる。常に優位に立ち、敵の戦意を喪失させる。それがわれわれの戦術だ」

突然、アラームが鳴った。正面のスクリーン全てに、〝ALERT〟の赤いアルファベットが点滅を繰り返す。

「シンク警報です！」

艦隊作戦参謀の相田真理子《あいだまりこ》大佐が報告する。

「場所はどこだね？」

「少々お待ちを」

作戦参謀は通信用モニターを覗き込んだ。

「……南半球です。チリですね。カテゴリーは7」

「7？　そんなカテゴリーがあったのか？　先日、空軍機が吸い込まれそうになった太平洋上のシンクはカテゴリー4だろう？」

「はい。あれが地上で発生していたら、とんでもないことになっていました。雲取山に現れたのはカテゴリー3。幸い山肌を浚うだけですみましたが」

「確か、シンクのグレードは数字が一つ上がるごとにエネルギー量は乗数で増大するんだよね。ならカテゴリー7なんて、大陸ひとつくらい飲み込むんじゃないのか？　津波が発生したら、こちらにも影響が出る。誰か覚えているか、一九六〇年のチリ沖地震の津波が何時間後に日本に到達して、高さは何メートルくらいだったか」

「ざっとですが、到着は丸一日後、被害は六メートルの巨大津波でした」

すぐに作戦参謀が答えた。

「洋上か、空中か、陸上なのかは、まだわからないんだよね」

「はい。そこまで推測できるかどうかも」

「いずれにせよ、時間はまだある。最終的には、瀬戸内なり大村《おおむら》湾や錦江《きんこう》湾に退避することにして注意しよう。中国海軍もこれで引き揚げてくれればいいがな」

　F－35Cの四機編隊が闇夜のパトロールに発進していく。艦首を風に立てようと、八万トンの巨体が喘ぐように回頭した。

　発艦手順のコールが、FICにもスピーカーから響く。暗視カメラが飛行甲板上の作業を映していた。

「いずれは、カテゴリー5のシンクが日本周辺でも発生することになる」

　そう淵田が言った。

「だが、聞いた話ではカテゴリー5のシンクが日本周辺で発生する頃には、北米大陸がシンクに食い尽くされて空は灰色に、空気も薄くなり、生物はもう死に絶えた後だろうという話だったな」

　郷原は、リニア・カタパルトで発進する戦闘機をモニター上で見送りながら呟く。

　全世界が息を飲んで見守る中、そのシンクは発生した。チリ中部の都市、バルディビア近海。発生場所は陸でも水中でもなく、海底直下だった。

　直径一五キロもの巨大なシンクが発生し、ありとあらゆるものを飲み込んだ。海水から海底、岩盤までをも飲み込み、その衝撃は一九六〇年の大地震以来眠り続けていた断層を目覚めさせた。

　マグニチュード九・六の巨大地震がおき、それで発生した巨大津波は、シンクから遠く離れた沿岸の町を一瞬にして飲み込んだ。

　その衝撃波は空中を伝搬し、同心円状に地球の裏側へも広がりはじめた。

「国際宇宙ステーション《ISS》が偶然通過中だった模様です。〝きぼう〟棟から撮影された映像がダウンリンクされてきました」

俯瞰《ふかん》して撮影していた南半球に、突然黒い巨大な影が現れた。それは円形だったが、何かがへこんだようにも見えた。次の瞬間、一斉に水蒸気がわき上がり、辺りは真っ白になって見えなくなった。

「なんてことだ……」

皆が絶句した。

ISSのカメラが一瞬ぶれる。何かに叩かれたようにぶれたのだ。

「何だ、今の？　もしかしてこれは、衝撃波じゃないか。なんで真空の宇宙で衝撃波が発生するんだ」

「ISSの高度は確か四〇〇キロ前後です。大気と呼べるほどではありませんが、ほんの僅かに空気分子が存在するようなことは聞いた記憶があります。そのせいでしょう」

「地表の衝撃波はもっと酷いことになるぞ。どのくらいで地球を半周すると思う」

「巨大隕石衝突とは違いますからね。上がっている部隊を地表に呼び戻しますか？」

「もし二、三〇分で到達するようなら、もう間に合わない。現地はまだ午前中だ。真っ先に影響を受けるのは南米のブラジル等になる。旅客機が巻き込まれるようなら、国際民間航空機関《ICAO》はリアルタイムで情報をつかんでいるはずだ。何しろ、飛んでいる旅客機のトランスポンダが次々と消えていくんだからな。それも同心円状に。ひとまず作戦中の全機に警戒するようメッセージを出せ。横《よこ》須賀《すか》に通信してくれ。すぐにインターネットの〝フライト・レーダー〟に繋いで、南米航路を飛

行中の航空機をワッチしろと。それで、衝撃波の到達時刻を逆算できる！」

　フレイト・レーダーは、トランスポンダを搭載する全ての民航機や公的機関の航空機を網羅して、その情報をリアルタイムで公開している。今、どこをどの航空機が飛んでいるかを誰でも知ることができるのだ。

　飛行高度から飛行速度に至るまで、時には軍用機が映ることもあるが、そのレーダー上でぽつぽつと南米上空を飛んでいた飛行機の反応が消えはじめた。まさに、同心円状に旅客機が墜落していったのだ。

　ブラジル上空を飛行中だったほぼ全ての航空機が衝撃波に叩かれ、空中分解し墜落した。だが、その衝撃波は拡散と同時に徐々にエネルギーを喪失し、赤道を越える頃には幸い、だいぶ弱まった。

　それでも影響は受けたが、米本土上空を飛んでいた航空機は衝撃波に遭遇したものの、からくも近くの空港に緊急着陸する程度の損害で済んだ。

　だが南米での人命損失は、甚大なものとなった。そして地球規模の巨大津波が発生し、ひたひたと太平洋を進みはじめる。それも、一波ではない。数波に及ぶ巨大津波だ。

　ＩＳＳが地球を一周して戻ってくる頃には、シンクの震源地は台風のように荒れていた。直径一〇〇〇キロを優に超える巨大な渦巻きが発生し、その目の中心部は直径一〇〇キロほどにもなった。夥《おびただ》しい量の海水がひたすら無限に吸い込まれていく。

　その下ではマントル層がむき出しになり、次の巨大地震を起こそうとしていた。

「さて、影響がいつ、どのくらいの規模でくるかの予測は気象庁に委ねるとして、まず先に襲ってくるだろう衝撃波は、ハワイ辺りに展開している米軍の動向である程度はつかめる。それで駄目だとわかったら、全機を地上に降ろす。問題はこの艦隊だな。内海に避難させるのは拙いかもしれない。どう思うね？」

「提督、われわれは原則として飛行機乗りです。船乗りの意見を聞くしかありませんが」

作戦参謀が首を傾げた。〝加賀〟艦長の堀田輝《ほったてる》正《まさ》大佐をFICに呼んだ。

「皆さん、誤解があるようだが、私は津波や船舶工学の専門家じゃない。ただの船乗りだ。あくまでも一般論として言わせてもらえば、狭い海域に逃げ込むのは得策とは言えない。錦江湾、大村湾、有明海《ありあけ》。特に有明海は広いものの浅すぎる。太平洋から周り込んできた大波が狭い湾口から浅い海に入ってきたら、目も当てられない惨事になるだろう。その波の高さは、おそらく何倍にも加速されて暴れ回る。瀬戸内にしても同様だ。一番確実なのは日本海だろうな。深くて広い。太平洋から周り込んできた波を減衰させるだけの広さと深さをもつ」

「津波の到達までまだ一日あるとしたら、避難する余裕はある」

「九州の防衛はどうしますか？　日本海から出撃するとなると、片道一〇〇キロは覚悟するしかない」

「鹿屋に上げるしかないな。一部は築城《ついき》や芦屋《あしや》にも割り振り、それで足りなければ民間空港も活用するしかない。いよいよ本土防衛だが、艦隊を失うわけにはいかん。ぎりぎりまで粘って、日本海へと退避することにしよう。作戦参謀、すまないが艦隊の避難計画を練ってくれ。中国に隙を与えない形でね」

「ただちにかかります」

太平洋沿岸部に津波警報が発令されていたが、

南米沿岸部は間に合わなかった。

この巨大シンクでの犠牲は、おそらく世界中で数億人を超えることになるだろうと予測された。

第十二章　D素粒子

信州のペンション二階の大広間では、榎田萌と羅門がテレビに見入っていた。

日本は深夜〇時を回ったところだが、巨大シンクが発生したチリは、間もなく昼だ。

ISSが現地上空を通過するたびに映像を送ってくる。シンク自体はようやく消えたようだが、それで発生した台風は巨大化を続け、ついには直径二〇〇〇キロに及ぶ超大型へと発達していた。

宇宙からの観測では、最大瞬間風速が一〇〇メートルを超えており、南端は南極大陸にかかっていた。

人類は、未だかつてこんなにも巨大な台風を経験したことはなかった。シンクがあまりに巨大で長時間開いていたため、周囲の海水はもとより大量の空気を奪った。その影響で南半球は、まるで濁流のような巨大な流れが発生し、高さ一〇〇メートルにも達する三角波があちこちで暴れていた。その様子が、地球の軌道上四〇〇キロ上空からはっきりと見えるのだ。

マントル層が露出したことで、マグニチュード9を超える巨大地震がすでに三回も発生し、南米大陸の都市という都市を潰滅させた。そして台風が南極半島に設けられていた各国の観測基地を根こそぎ吹き飛ばす。その後、津波が残骸を浚っていった。

巨大津波が、夜明けを迎えたばかりのニュージーランドを襲撃するまで、ほんの数時間。ポリネシア上空を飛行中だった米海軍のP－8哨戒機が衝撃波に遭遇し、データを送っていた。

CNNでは「すでに衝撃波は威力を喪失しつつある。だが建物の窓ガラスを割る程度の威力はあるだろう」と報じた。

「萌さん、あなたの世界でもシンクは発生していると言ってたよね」

「ええ、そうです。あの、こちらでの〝シンク〟の意味は何ですか？」

「一般的には、流し台の〝シンク〟という意味です。つまり頭文字はS。でも、思考をもっているかのように振る舞うところから、考える方のTで〝シンク〟と呼ぶ人もいますね。僕もどちらかといえばそちらの方が妥当だと思う」

「われわれと同じ考えね。向こうでもあれを〝シンク〟と呼んでいます。でも、現象はまるで逆ですが」

「逆？　逆というと」

「こちらのはひたすら吸い込むでしょ。まるでブラック・ホールのように。私たちの世界で出現しているシンクは、ひたすら吐き出すんです。まるでホワイト・ホールのように。もちろん吐き出すのは素粒子レベルの物質だけど、その衝撃波は凄まじい。素粒子がビルを粉々に砕くんだから。ある時、大量の素粒子と放射性素粒子が吐き出されて、いったい何だと調べたら、原子力推進空母のなれの果てだった。シベリアに発生したシンクからは、あり得ないようなエネルギーやストロンチウム90が出てきた。こちら側のロシアがシンクを消そうと核を使ったことが、そこでわかった」

「じゃあ、こちらで吸い込まれた物質が素粒子レ

ベルに分解され、全量があなたの宇宙に吐き出されている？　まるでブラック・ホールだ。向こうの世界はどうなっているの？」

「確実に気圧が上がっています。一部はそのまま宇宙空間へ消えていくんですが。このチリ沖の巨大シンクは、おそらく海水の〇・何パーセントかを吸い込んだはずです。それが向こうで排出されて再び水になるから、世界は一日中豪雨になるでしょう。海水面も上昇する。もちろん地球は重くなるから、自転公転速度にも影響が出るはず。どの道この惑星が消えたら、その素粒子還元された物質は全てわれわれの世界に排出される。地球は倍の重さになるわけで、いずれにせよ、向こうの生命体もいったん絶滅する。でも人類は絶滅しないはずです。火星基地で生き延びるから」

「火星に、もう基地が？」

「ええ。百数十人が暮らしています。ヤマト基地もあって、日本人も確か二〇数人は暮らしているはずです。人類の冷凍胚と一緒に。でも仮に地球がある程度居住できるまで落ち着いたとしても、人類が火星から戻るには数世紀はかかるでしょうね。下手をすると、月が地球にぶつかるかもしれないし。自重に耐えかねて、地球自体が破裂する可能性もある」

ここで、日影と孔博士が起きてきた。

「さっきから、ピーピー鳴っているのは何だ？」

「津波警報です。チリで巨大シンクが発生し、地震も発生して大災害を巻き起こしています」

「あらやだ、私、このパジャマを着替えた方がいいかしら」

「そうですね。敵の襲撃の可能性はまだ残っているようですから、脱出する時のためにも、それなりの格好をしておいた方がいいかと」

羅門はベランダに立つ兵士に注目を促した。

「その間、お二人に状況を説明しておきますから。ごゆっくり」

「そんなに大きなシンクだったのかい？」と日影が尋ねてくる。

「カテゴリー7のシンクが、海底の地盤の真下で発生しました。その衝撃波は、真空のはずの宇宙空間でISSを揺らしたほどです。巨大津波が南米沿岸を襲い、発生した巨大台風が南極の端、南極半島の観測基地を綺麗に吹き飛ばしました。間もなくニュージーランドを襲撃します。津波が日本に到達するまで、丸一日でしょうか」

「津波のことはよく知らないのだが、影響はあるの？」

「マントル層を破壊したようで、巨大地震が群発しています。つまり、その津波は何波にも及ぶことになる。計算はこれからですが、太平洋岸の都市は水没を免れないでしょうね。東京はおそらく、立川や大宮《おおみや》の辺りまで水没するはずです」

「そりゃ凄いな。避難できるのかな？」

「本日夜明けと同時に、三〇〇〇万人前後の住民を避難させると思いますが、全員は可能かどうか……」

それから羅門は、二人に萌から聞いたこと――おそらく向こうの宇宙でも巨大シンクが発生し、こちら側で飲み込んだもの全てを吐き出していることを伝えた。

「向こうも長くもたないだろうが、酸素が薄くなるこちらが先だな。死に絶えるのもね。それで娜《ナ》娜《ナ》は、新たに何か思い出したかね？」

「さあ、どうでしょうね。僕には何も言っていません。これからの会話で、記憶が全て蘇ってくれれば助かりますが」

萌が戻ってくる。昨日〝ヴォイド〟の中から出現した時と同じ白いブラウスとジーンズに着替えていた。

「えっと、まだ夜中の一二時を回った頃だけど、皆さんこのまま起きるのかしら?」

「この津波に対してわれわれにできることはないが、お前が何か思い出してくれるなら寝ている場合じゃない。記憶はどうなのかな」

「……ここに拡大コピーされて貼り出されたメモを見ても、自分の筆跡だということくらいしかわからない」

ずらりと並んだホワイトボードに、萌が書いたメモが拡大コピーされ、貼られている。

情けないことに、羅門はここにあった数式の二割も理解できなかった。そのことに、密かに打ちのめされていた。

「たとえばここ——D素粒子と出てくる。ここにも、ここと、あとここにも。何か重要な素粒子らしいが、これはダウン・クォークのことを言っているのかな?」

「さあ、何かしら。パパの意見は?」

「ここで出てくるようなクォークじゃない」

「では、われわれにわかりそうなことから伺いましょう。ここに漢字で書いてある〝重力波天文台〟というのは、何のことですか」

日影が聞いた。

「こちらの世界にも、〝重力波天文台〟くらいはあるわよね」

「厳密な意味での重力波天文台と言っていいのか。何しろ地上の施設だ。望遠鏡という意味での重力波天文台なら、すでに利用されています。遠くの銀河を重力レンズに見立てて、本来なら見えるはずのない恒星系を観測する技術はすでに実用されている。もっとも、宇宙空間に浮かべるまでは進んでいないが。それにはまだ相当な時間がかかるでしょう。カイパーベルト天体の辺りに観測装置を設置する必要がある」

「私たちは、もう実現していました。木星の公転面に観測装置を置いています」

「その程度の距離だと、たいした効果は見込めないんじゃないかな」

「一〇年くらい前に、あるSF作家が面白いアイディアを思いついたんです。重力波天文台は大きな恒星や銀河系の巨大な重力レンズ効果を利用して遠くの星々を観測する理論でしょう。だから、レンズに用いる恒星は大きければ大きいほどいいし、レンズと観測装置の位置もそれなりに離れていなくてはならない。けれど、カイパーベルト天体はあまりにも遠い。メンテナンスにも行けない。それでその作家さんは、重力がほしいのであれば、木星と太陽を一直線に並べればいいのではと考えたの。つまり、重力レンズとして太陽と木星の両方を利用する」

萌はホワイトボードに、その軌道を書いた。太陽の上に木星、太陽を挟んで反対側に観測衛星が描かれる。

「なんと〝食〟の状態に置くわけか！」と父親が膝を打った。

「もちろん、木星の公転面の外側しか観測できないから、宇宙を自在に覗くというわけにはいかない。全天の、ほんの数パーセントしか観測できない。でもその中にも、ほぼ無限の銀河や恒星系が存在する」

「宇宙人とは接触したのか？」

「まだ宇宙人は現れていなかったわね。でも、知的生命体の存在はいくつかの方法で確認できたの。五年前、ある銀河団からレーザーが発射されていることがわかった。太陽系、おそらく地球へ向けてね。断続的なレーザーだったけど、最初は素数ではじまっていたから知的生命体のシグナルだとすぐわかった。向こうは系外惑星を探査していて、地球を発見したのね。ハビタブルゾーンにあることを確認し、いつか知的生命体が発生することを期待してレーザーを打ったのでしょう。レーザーは素数に続き、モノクロの画像と彼らの言語を送ってきていた。それは三年くらい続いたかしら。世界中でこのデータの解読作業が続けられて画像を復元しようとしていたけど、まだ誰も成功していない。同時に、場所を特定してありとあらゆる望遠鏡を向けたけれど、該当するような系外惑星もまだ発見できていなかった」

「ワームホールの発見とか、技術的特異点《シンギュラリティ》とか、そもそも人類はどこまで行ったんだ」

「ワームホールはまだ見つかっていないの。残骸らしきものを見つけたという科学者はいるけれど。人類は火星止まりね。そこから先は、人工衛星とドローンで間に合うから。タイタンのメタンの海に生物はいなかった。トリトンの軌道を回る衛星では生命の痕跡を発見したわ。おそらく、氷の下の海にクラゲくらいはいるでしょう。それより太陽系に関していうなら、金星で生命を発見したのよ。極付近の比較的穏やかなエリアに微生物が生きていた。今水星での探査計画が進行中。あと人工冬眠は半年程度なら成功している。ただそこからの覚醒技術に難題があって、宇宙旅行に使うのはずっと先の話ね。シンギュラリティは、どうだったかしら……」

ここで萌は首を捻った。何かが記憶に引っかかっているという感じだ。

「そうそう、重力波天文台のお話。みんな知っていると思うけど、この望遠鏡では理論上、数億光年離れた系外惑星の地表面を観察できる。それこそ、軌道上の衛星から地表面を観察する程度の解像度でね。文明を発見したのよ！　まず地上の観測施設で生命が誕生しそうな系外惑星を片っ端から探して、もちろん重力波天文台がカバーできる範囲内で、そこを粘り強く観察して、文明が発達している系外惑星を発見したの。岩石タイプの惑星で地表に道があり、ビルを建てていた。産業革命直後の惑星一つ、農耕文明一つ、われわれと同様の現代文明も一つ。他所の銀河の話だけどね。それらに向けてメッセージを送るべきかどうか、国連で議論が続いていた。残念ながら、この天の川銀河には知的生命体まで進化した星はなさそうね」

「この宇宙の構造をお前の世界ではどう規定しているんだ？　このメモの数式は、明らかにM理論を前提に成り立っているようだが」

「そうよ。こう考えてみて。――病院の屋上に、大量のシーツが物干し竿に干してある光景。そのシーツの一枚一枚が、この宇宙。ビッグバウンスで絶えず誕生と消滅を繰り返している。そして、それらの宇宙は風にそよいで隣と近づいたり離れたりしている。宇宙だから、時々それが交わったりもする。それが11次元のM理論下で起こっている。私たちが、平行世界を往き来できるのはそのためです。ワープ理論は、突破口が見えつつあるけど、実現にはまだ一世紀はかかるでしょうね」

「このシンクは、発生するだいぶ前に地球内部で発生する重力波震動として、予測できるようになった。だが、一瞬で伝わるはずの重力波がコアで発生し、しかもそれからだいぶ遅れてシンクが発生することを誰も説明できないんだ。ただ計算が可能だというだけで」

「そうなのよ、パパ！　まさにそこがポイントで、実はその謎を解明する過程で、われわれがM理論下のどこにいるのか長年の謎が解明されたんだけど、つまりこういうこと。このエネルギーは、地球のコアを叩いて微かな重力震を起こすけど、その時点では何も起きない。ところが時空を超えて反応を繰り返すうちに、地表面にシンクとして出現する。つまり、あり得ないはずの時間差はその時空をジャンプしている時の時空差なんです。こちらの世界にはその時空差の概念を説明する理論は無いけれど、計算式自体はそれを理解していなくても組み立てられるから計算できている。現状で支障はないと思うわ」

「なぜ南米に発生した？　日影博士は、北京の対局座標に発生した。だから原因は北京にあると言っているんだが、中国にそんな技術はない」

「ええと、ね……」

萌はリクライニング・チェアに座って考え込みはじめた。そして、自分が書いたはずのメモを凝視した。

「それは確か、原因があったはず。だいたいわかっている。北京が原因。あそこでやった実験のせいで、これが起こった。ちょっと待っててね。どうして私、ちゃんと体系づけて記録しなかったのかな。いつも思いついたままに書く癖があるのよね……」

「ママもそうだよ。あとで自分が書いたメモがわからなくなる」

「私、断裂記憶障害の専門家なのに、どうしてそこまで忘れると考えなかったのか」

「お前は物理学者なのに、医学の研究もしているのか」

「パパ、そうじゃないのよ。この断裂記憶障害は、物理学的現象なの。だから私の研究テーマになっていた。そうそう、確か、学生の実験。精華大学にいた二人の院生が、アパートの一室で粒子加速器を自作してある実験を行った。パパは知らない学生たちよ。知っての通り、粒子加速器は性能さえ問わなければ、日曜大工ででも作れる。ところが、彼らは設計を少し間違って、おまけに数式もミスしたことで、生まれるはずのない素粒子を生み出した。それが重力に引かれて地球のコアに達し、コアに眠る仲間の素粒子を長い眠りから目覚めさせて、シンクを引き起こした」

「あり得ない！　実験室レベルの素粒子はそもそも一瞬で崩壊する。〝響〟で生まれる素粒子ですら、一瞬で消えるんだ。コアに達するどころか、コピー紙一枚突き破れないよ」

「普通はそうなの。重たい素粒子なんて滅多に生まれないし。でも、理論値から外れる素粒子が存在するのがこの面白いところよね。紐理論で言うでしょう、〝素粒子は見掛け以上の性質をもつ〟って」

「なぜお前はそんな事件を知っているんだ？　こちらの宇宙に来たばかりなのに」

「それは……その事故が起こったのは、こちらの宇宙ではないの。私たちの宇宙でもない。私たちの宇宙で原因探査がはじまり、北京大学と精華大学、どっちかがやらかしたことだろうというところまでは突き止めた。でも研究室の粒子加速器は動いていなかった。それで学生の闇実験だとなって浮上したのがその二人。彼らの実験装置は、確かに存在した。設計をミスしていたし、計算式も間違っていた。でも、それはまだ稼働していなかったの。そこから、では平行世界のどの宇宙でやらかしたのだろうという話になり、その宇宙も突き止めた。ここじゃない。でも因果律の頂点にこの宇宙が存在する。だから私はここに来たの」

「われわれがその話を完全に理解するには、一週間はかかりそうだな。それで、その素粒子とは何なんだ？　例の素粒子なのか」

　萌は少し笑った。

「少し休ませてほしいな。みんなお腹は空いてない？　カップ麺とコーヒーでいいんだけど」

「何か見繕ってもらいましょうか」

そういうと羅門は席を立ち階下に降りた。

下の階では、司馬たちがテレビに見入っていた。真夜中だというのに、太平洋沿岸の離島に避難命令が出ていた。小笠原列島、大東島は平地しか無いので救援船を向かわせるしかないらしい。軍が駐留する島々からも撤退する必要がある。

「パスタなら一五分でできますけど」と、香菜が言った。

「麺類と言っていたから、パスタでもいいかな。すみませんけど、お願いできますか」

「羅門先生、あたし、階段であなたたちの話を聞いていたんだけど、彼女の記憶、猛烈なスピードで戻っていますね。引き続き会話を続けてくださない。大事なことは日常の記憶から連携して記憶を再生することよ。専門知識ではなくね。彼女は、言葉や生活様式などの長期記憶はきちんと覚えている。短期記憶の方に難があるの。日常の話から彼女の記憶を再生させるといいわ」

司馬がそうアドバイスしてきた。

「わかりました。そう誘導します」

テレビの臨時ニュースが、原発を再稼働するとシンクが原発施設を破壊することをおそれて、全国の原子炉には制御棒が入っている。だがそのせいで酷い電力不足が発生し、全国で計画停電が実行されていた。テレビも点けられない街もあった。避難計画をスムーズに進めるためには、まず電力が不可欠となったからだ。

「賭けですね……。制御棒を抜いても、定格出力に達するには時間がかかるし、一度火が入った原子炉に制御棒を入れても原子炉はすぐには冷えない」

「じゃあ、われわれはとりあえず、パスタとコーヒーを用意しましょう」

「大佐、それは陸軍大佐の仕事ではないと思いますけど」

「あら、あたしだって料理くらいできますよ。それに、ロジなら松本の連隊がしっかり働いてくれるし、警備は警視庁のSWATと原田さんの部隊がいてくれる。正直、もう仕事なんてないのよ」

「じゃあ、寝てください。交代ででも睡眠をとらないと」

「あたしが言うのも何だけど、寝てろって言われるのは傷つくのよね。あなたは用無しだと言われているようで」

羅門は、露骨にうんざりとした顔をした。

「……申し訳ないのですが、そういうことに対処するのが心理学博士としての大佐のお仕事であって、僕にはどうこう言える問題ではないです」

「わかってるわ。これ、ただの愚痴ですから。じゃあ、あたしは黙ってコーヒーでも淹れます」

羅門は二階に戻ると、ペットボトルの日本茶を飲んでいた萌に「普段のあなたの生活は、どんな感じだったの？」と尋ねた。

「それについては、まだ思い出せないんです。確か、ある恩師がいて……それは日系人というか父親はアメリカ人天才科学者で……あと女性で、私にとっては母親のような存在で。彼女が、量子力学に続く、確かユリイカ科学を興して、宇宙の謎に挑んだ」

「万物の理論を解き明かしたのか」と父が聞くと、萌が呻いた。

「あちらの世界では、そういう考えは止めたの。みんなが宇宙の謎を解き明かした最後の素粒子をつかまえたとはしゃぐそばから、新しい素粒子が発見される。私の世界では〝素粒子の動物園〟は底なし沼だということになっていた。ラスボスが次から次へと出現するの」

「重力子や時間子は見つかったのかい」

「重力子も時間子もあと一歩ね。一応、あるということは理論的に証明できたと思っている。いま一番ホットなテーマは、時空子は存在するか。タイム・トラベルは、それが時々起こっていることはわかっているけど、証明はまだされていない。時空子が発見されてからかしらね。……そうそう、その恩師ってタイム・トラベルの生き証人だった。二一世紀の別の世界から、大戦直前のこちら側に飛ばされてきた。偶然ね。時空を開く技術は彼女の研究によるもの。でも、原理を完全に解明したわけではない。言うなれば、古代の中国人が石炭を発見して、それが何かは知らないまま〝燃える石〟として使っているようなもの。危険で事故も起こすから、その技術はトップ・シークレットとされている」

「もしかして、それがヴォイド？」

「そう。われわれはヴォイドの泡に包まれて宇宙を移動する。皮肉なことに、他の平行宇宙には飛べるけれど、隣の恒星系には飛べないの」

「量子もつれは、ある種のワームホールだという説があるが、君はどう思う」

「それそれ！　実は、量子力学に関して、まだ解明されていない大きな謎の一つがそれなのよ。ある究極の素粒子が関わっているという説もあるけれど。あれ、このD素粒子って、何かしら」

ここで萌は、自分で書いた数式を凝視した。

「ところでずっと不思議だったんだけど、どうして君がいる地球世界だけが、そんなに進化したのかな？」

ここで日影が萌に聞いた。

「ああ、それは歴史的にはっきりしていて、日米戦争を回避できたからですね。欧州《おうしゅう》戦争は防げずにヒットラーは現れたし、ホロコーストも起こった。けど日米戦争を回避できたおかげで、日米は資金を社会福祉と科学技術に投資できた。日本は緩やかに民主化し、朝鮮戦争も起こらず、半島も平和裡に日本から独立した。アメリカはその後、ベトナムや中東で失敗を繰り返したけど、日本は軽武装国家として成長を続けた。ただ、もちろん違和感はあります。どうして自分たちの世界だけがうまく進んで科学技術が発展したのか。これは研究する価値があるテーマだけど、平行世界を往き来できるという事実は物理学者の中でもほんの一握りしか知らないから、研究が追いつかないいんです」

「それなのに、そちらの世界でも、中国大陸は未だ暗黒大陸なのかい」

父親がうんざり顔で言った。

「その恩師はね、後に伴侶となる、前後してタイム・スリップした中国の科学者と私の世界で知り合うんだけど、日本と中国、両方は救えなかったと後悔していたわ。あちらの中国は、ここの中国と全く同じで、停滞して沈んでいる」

ここで司馬たちが、階下から料理を運んできた。

「大佐、私のダーリンはどこにいるのかしら」

「近くにいるはずよ。あなたを守っている。それが彼の任務ですから」

「私、ダーリンに会いに、時空を超えてきたんです」

「そのことだけど萌さん、あなたはたぶん、この世界を救える。あなたがこの世界に現れた時、こう言ったのよ。『この宇宙は救えない。でも、私たちの世界を救うために最善を尽くすわ』って。覚えてる？」

「いいえ、全然――」

「プレッシャーを与えたくなかったから黙っていたけど、あなたはこうして大量の数式を書いたメモと一緒に〝ヴォイド〟に飛び込んできた。彼との思い出を綴ることもせずにね。それは、あなた自身がこの世界を救う術があると信じたからよ。飛び込む時点では結論は出ていなかっただろうけど、そのヒントを網羅して書き連ねたのだと思うわ。……間に合うといいけど」

「……へぇ、そうなんだ」

萌は他人事のように応じた。

「それはともかく、食事を作ってきました。冷めないうちに食べてくださいね」

萌は「美味しい、美味しい！」と言いながら、あっという間に出されたパスタを平らげた。早食いが得意らしかった。

「……あ、そうだ。消滅する星々！　それがきっかけだったの。こちらの宇宙では、突然星が消えて無くなるという現象は起こってない？」

「起こっているよ。いまの時点で、前世紀にはそこにあったのに、数えてみたら消えて無くなっていた恒星が一〇〇個前後見つかっている」

すぐに羅門が答えた。

「超新星になるわけでもなく、ダイソンの天球で徐々に減光したわけでもなく、突然消えたのよね。私たちの世界では一〇〇〇個前後、そういう星が見つかっていた。消えたのに見つかったというのは変だけどね。重力波天文台を運用するようになってから、それら消えた恒星系で知的文明が栄えたらしい痕跡が確認された。ガス分析によって判明したことだけど。それで一部の研究者が、これらの恒星系を滅ぼしたのは文明自身ではないかという説を唱えはじめたの。最初は、誰かがわざわざ反応兵器を恒星に向けて大量に撃ち込んだのじゃないかという突拍子もない説が生まれたけど、自分たちの恒星を破壊する理由は無い。それが一つならともかく、一つの銀河に一つ生まれるかどうかの知的文明が横並びでそんなことをするとも思えない。そこで出た説が、その恒星系は自ら滅んだ、知的生命体が生み出した何かの凶悪な物質により自然消滅したのではないかというもの。これは天体物理学者のアプローチで——」

「それ、ソウスケの進化限界説じゃないのか？」

「ええ。でも私たちの世界には日影博士はいない。三つの宇宙を往き来し、ここにいる全員が私の宇宙には存在しない。理由はわからないの。ヒットラーやスターリンはおそらくどの世界にも存在した。それでもここで言う進化限界説は、それなりの説得力と戒めをもって科学者たちに受け入れられた。問題は、その物質は何なのか。人類の科学技術が進化した時に、いったいどんな危険な物質を生み出して、恒星系を一つ消し去ることになるのか？　ある理論物理学者が推測を立てた。仮定の素粒子をでっちあげて性質を与えて、計算式を弾いたの。学会の多数派がそれを支持し、この条件では絶対に粒子加速器を動かさないという国際条約が結ばれた。——思い出した。それがD素粒子、デーモン素粒子よ！」

「お前が書いた数式を見る限り、そのデーモン素粒子は、自然界にも存在するようだが」

「ええ。これはダークマターの一種。研究が進めば、こちらの世界でみんながダークマターと呼んでいる素粒子は、実は何種類もあることがわかってくるの。このデーモン素粒子は、実はそこら中に存在している。質量をほとんどもたず、それに奇妙なことにウイルス的な性質ももっている。人の海馬《かいば》から海馬へと乗り移るの。マンデラ病の正体は、このデーモン素粒子なのよ！　ウイルスではないから探しても見つからない」

「あり得ない……。ウイルスですらない素粒子に、どうしてそんなことができるんだ」

「それはわからない。究極の素粒子、神の素粒子、素粒子動物園のライオン……。デーモン素粒子は、いろいろな名前で呼ばれ、グループを形成していくつか種類があるらしいこともわかってきた。その中でもデーモン素粒子13eが、主に核爆発でしか生成されない放射性物質と反応することが解明された。確か、アメリシウム243だったはず」

「自然界にはほぼ存在しない。原子力では、ありふれた超ウラン元素だね」

羅門が司馬たちに解説した。

「ええ。そしてこれに第三の物質が反応した時、デーモン素粒子は覚醒する。それぞれの惑星のコアに蓄積されたデーモン素粒子と反応し、シンクを起こして惑星を破壊する。最後は、恒星系を破壊して消え去る」

「なぜそんなことをするんだ？　この素粒子は意思をもっているというのか」

「意思ではなく性質だと考えられています。この宇宙に発生した知的生命体が原子力という火遊びを覚えた後、素粒子研究が未熟なまま次のステップに踏み出そうとしたら、スイッチが入りデーモン素粒子が目覚める。そして、文明を恒星系もろとも消し去る。全てを消し去るのは、近傍の惑星に移住した生命体も消去するためでしょうね。何のためにかと言われたら、宇宙を未熟な知的生命体から守るため。誰かが仕組んだとしか言えないわよね。それを神と呼ぶかどうかは、個人の信仰心によるでしょうけど」

「それで、そのデーモン素粒子の暴走は、どうやったら止まるんだ？」

「たぶん私は、何かを考えていたけど、まだちょっと思い出せない。何を考えていたのかしら……」

「ゆっくり考えよう。これは前進だ。大きな前進だね！」

孔博士は食事が喉を通らないほど興奮していたが、一方で途方に暮れている感じでもあった。

「孔博士、これは、いわゆる例の素粒子だと思いますか？」

日影博士が孔に尋ねた。

「そうだと思う。知っての通り、例の素粒子のたちの悪さは、そのとらえどころの無さだった。学生のガレージキット・レベルの実験で偶然生成されたとしても、私は驚かない。娜娜、これは人工的に作ろうとすれば作れるんだな？」

「ええ。ある種のというか、もっとも基本的なデーモン素粒子はね。全ては作れなかったと思うけど」

「理論的にそれを発見し、破滅を回避できた文明だけがさらに進化できる。それに達していない文明は、野蛮人として消去されるというわけか……」

「そういうこと。そこに、何者かの意思が介在したとしての話だけど」

「われわれは、神の掌の上で弄ばれるだけの存在だったのか……」

「思っていたほど、偉くはなかったようね」

萌がそう言った。

「デーモン素粒子の存在をみんなが確信しはじめた頃、われわれは全ての素粒子の謎を解き明かし万物の支配者になったと高らかに主張する科学者がいたけど、毎年のように新しい素粒子が発見され、どんどんその声は小さくなった。原子が分解されて、マトリョーシカのように究極の、それ以上分解しようのない物質が次から次へと発見される。最終《オメガ》粒子の後に、いったいどれだけのクォークが発見されたか？　第五の力、第六の力、力の種類が何種類あるのかもわからない。人類の叡智《えいち》は、四半世紀進んでもまだそんなものよ」

「この破滅を回避する手段に関して、向こうでは議論は無かったのですか」

羅門がそう聞いた。

「確か、あったはず。このシンク現象こそがそのデーモン素粒子が引き起こした恒星系消滅だとわかった瞬間から、みんながそちらへと走り出したはずだけれど……。私の短期記憶、まだそこまで戻っていないみたい。でももし答えが見つかったのであれば、こんな複雑なメモなんか残さずに、すべきことのみを書いたはずだけど」

「この宇宙で、どのくらいの文明がこのシンクで葬り去られたと思いますか？」

「計算した学者がいたわ。恒星の一生は、人間の一生を越えてゆっくりと進む。それが一瞬に消えることはまずない。観測範囲内で一〇〇〇個の恒星系が五〇年以内に消滅していたとして、おそらく八〇〇個前後はデーモン素粒子が原因で消滅しただろうと。これは、この宇宙に生まれて恒星間飛行を実現するまでに進化しただろう文明の数を推定した時に導き出される数字からも納得できるものです。人類文明が進化する数千年から数万年前に、とっくに恒星間飛行やワープ技術を会得している文明がいてもおかしくないのに、われわれを訪ねてきた宇宙人はいない。核戦争や気候変動で自滅した文明が多々あったとは思うけれど、それだけではない。文明の意図しない不随意行動で消滅する文明の方が数が多かったということでしょう」

「われわれは、その仲間入りをするわけか……。この大宇宙では、日常的に起こっていることなのだろうな」

孔博士がそう嘆いた。

「ええ。たった五〇年間で八〇〇個ということは、毎年一六もの文明がデーモン素粒子の餌食になっているということ。全宇宙から見れば、ささいなことよ。それにしても、私はいったい何を証明しようとしたのかしら……」

羅門は、ほんの僅かだが光明が差したような気分を覚えていた。

謎は、解明されつつある。一〇年かかっても解明できないような謎が、今解明されているのだ。

次の問題は、それに対抗できるかだ。現象を起こさないことで延命した文明もあるだろう。おそらく、それが生き残る鍵だったのだろうが、しかし神といえども完璧ではない。どこかでミスを犯したはずだ。

あるいは、どこかに蜘蛛の糸を一本垂らしたはず。われわれはその細い糸を見つけられるだけの力をもっていると信じたかった。

特殊作戦群を率いる土門中将は、作戦会議に参加していた。出撃する第一空挺旅団長を激励して、ようやく自室に引き揚げてテレビを点けた。

モニターのメインにNHKを、小窓にCNNを映すと、ニュージーランドを津波が襲う様子をISSが生中継していた。何かのスペクタクル映画を見ているような気分になった。

一度や二度ではない。津波は時間をかけて、何度も襲ってくるのだ。一時間も経つと、ニュージーランドの地形そのものが変わっていることがわかった。

そしてシンク発生場所に生まれた台風は、巨大化を続けていた。直径四〇〇〇キロメートルに発達し、南米大陸の半分、南極大陸の三分の一をすでに飲み込んでいる。

　ＣＮＮに登場する気象学者は、おそらく赤道を越えて発達するだろうと予測していた。雲の下では、人類が経験したことがない強さの暴風が吹き荒れているのだ。

　土門は、珍しく口をあんぐりと開けてその衛星画像に見入っていた。

「——将軍、政府からの津波に関する最新の予測値です」

　副官の姜少佐がメモを差し出した。「アイズ・オンリー《機密》！」と書き殴ってある。

「最低一〇メートルから三〇メートル？　ここ習志野の高さはどのくらいだ？」

「三〇メートルです。もちませんね。東京湾の水面は、おそらく最低でも三〇メートルから五〇メートルは上がると試算されました」

「それは、高潮と重なってか？」

「いいえ、関係ありません。そんなの関係ないほどの大津波なんです！」

「じゃあ、どこまで逃げれば安全なんだ？　基地のリソースを守る必要がある。俺一人くらいなら降下訓練塔に登るけどさ」

「千葉でもっとも高い山は嶺岡《みねおか》愛宕《あたご》山の、四〇〇メートルです」

　土門は「ああ」と呻いた。たったの四〇〇メートルの高さしかないのに、難易度の高いこの山には時々訓練で登る。空軍のレーダーサイトもあった。

「では、空軍基地に辿り着けば安全なんだな」

「それもどうでしょう。それに、千葉の最高高度がそこだということは県民はみんなが知っていますから、脱出できないと悟った県民が何十万人も押しかけることになります」

「では隊列を組んでどこに向かうべきなんだ？

それこそ、大渋滞に巻き込まれるだけだぞ」

「守るべきなのは、書類なのですか」

「まあ、武器弾薬は諦めるしかないか。書類に神棚に、その程度だろう」

「ならヘリを一回飛ばして、神奈川の丹沢《たんざわ》山系にでも立て籠もるべきでしょうね」

「確保できるのか？」

「いいえ。政府要人の避難が最優先なので、われわれの分は確保できるかどうか。しかし、部隊のMHは使えるはずです」

「CHは一機くらいなら俺がなんとか確保する。事務方を選抜して、一回で運べる分の重要書類をただちにまとめさせろ！　そういえば、平泉の方は大丈夫なのか？」

「〝響〟の高度は一五〇メートルです。海岸線から四〇キロ近く内陸に入っていて、途中にはそれなりの高さの山系もあります。川伝いに津波が逆流する可能性はあるでしょうが、確実に沈むと決まっているここよりはましでしょう」

土門は空挺旅団長への内線電話をとり、この基地は潰滅するだろうから出撃する兵士に大事な私物の携行を許可せよと命じた。

「千葉県民なんて、一人残らず家を捨てて、奥多摩とかあの辺りまで逃げなきゃならないのに、どうやって移動するんだ？」

「房総《ぼうそう》南部の住民には、近くの山に登れとしか言えないですね。木更津《きさらづ》周辺は、橋を渡ってまず神奈川に逃げてもらうとしても。……千葉県民の相当数は、脱出は無理でしょう」

「信州から連絡は？」

「司馬大佐からは何も。原田少佐からもありません。副司令官殿とは、お話ししましたか」

「ああ、電話したよ。一応、孔博士の娘を名乗る人物が平行世界と称するところから現れたとは伝えた。あいつは知ってたな。全然驚かなかった。自分が知っていることを隠すそぶりもなかった。いけ好かん奴だ。君の方こそ、旦那はどうするんだ」

「わかりません。携帯は通じず、メールも届かないようなので」

「そうなのか、こんな夜中なのに?」

「はい。ニュースで言ってませんでしたか? 携帯も固定電話も非常に繋がりにくくなっているから、使用は控えろと」

「タワマンを一部屋買っておけばよかったかなぁ。ああいうのってさ、岩盤深くまで杭を打ち込んでいるから津波が来ても倒れないよね」

「まあ、どんな時にでも、夢をもつのは大事なことですね」

姜はそう冷たく言い放った。

「……それで、ここはどの程度沈むんだ?」

「国防省からの見積もりが口頭できていますが、海岸線から七キロ入っているので、沈むのはせいぜい一〇メートル程度だろうということです。ただし、建て屋はどれも古いですから、一度ならともかく、数度の津波には耐えられません。降下訓練塔を含めて。全員、避難させるしかありませんね」

「わかった、人命第一だ。何時までに避難計画を完了せよと市ヶ谷から言ってくるだろうが、それまでは避難計画の策定と、平泉の事態に集中する。俺たちは、空挺旅団を追いかけて平泉だろうな」

「もし台風が太平洋を渡ってくるようなら、航空機は津波襲来より先に飛べなくなります。移動は早めに決断しないと」

「それもわかった。とにかく重要書類の避難が最優先だな。取りかかろう!」

姜少佐が退出すると、土門は決済箱に積まれた書類の束を手に取った。

そして一枚目に視線を落としながら、こんな時に俺はいったい何をやっているんだと呟いた。

この状況では、皆心ここにあらずだろう。

始発電車が走り出すまでにまだ二時間はあったが、政府は早急に国家非常事態宣言を出した。

パトカーがサイレンを鳴らして街中を走り回り、市民を叩き起こす。パトカーも消防車も「全ての住民は、ただちにテレビ、ラジオを点けなさい」とスピーカーで連呼していた。

テレビでは、首都圏の住民は個人が持てるだけの緊急避難荷物を所持し、可能な限り高い土地へ避難すること。関東平野に安全なエリアは無いこと。全ての公共輸送機関は無料で乗れるため、マイカーの利用は極力控えるようにと呼びかけていた。

首都圏では、深夜の三時には大渋滞がはじまった。だが、日没までにこの大都市から避難できる人間は、圏内人口のほんの二割に満たないだろうと予測された。

日本中で避難活動がはじまっていたが、混乱の極みにあったのはまだ大都市のみだ。日本列島はそもそも山岳地帯。離島を別にすれば、逃げ込む場所はいくらでもある。

都市は平野部に発達する。その法則通りに、人口が多いエリアから避難が困難になるのだ。それでも日本人の半数は生き残るだろうと予測された。

政府は、正確な被害想定は出さなかった。どの地域でどの程度の高さの津波が襲ってくるかは一切公表しなかったが、国民のおおよそは、それが過去に経験したことがないどころか、地球上で過去起こったことのない規模の津波であることを覚悟していた。

テレビのアナウンサーも「日本の歴史上、経験したことがない大津波がくる」と連呼した。

正直、戦争どころではなかったが、東シナ海に展開する連合艦隊は状況を観察し、対馬《つしま》海峡への移動を開始していた。

戦闘機部隊はまだ艦上運用している。陸上に上げたところで、全機がハンガーに収容できるわけではない。それに、ハンガーが耐えられる風でもなかった。

どうすれば艦隊とその戦闘機を守れるのか、海軍は途方に暮れていた。

状況は空軍も同じだ。ハンガーはもたないだろうと判断された。機体だけ逃がすという手もあるが、逃がす場所がない。北西は、中国とロシアだ。

アラスカへ飛ぶという手もあったが、シンク発生ポイントからは、アラスカの方が遥かに近いのだ。

中国領空を黙って飛び、ステルス戦闘機だけでもモンゴルに避難させるという突拍子もないアイディアまで出されたほどだ。

太平洋沿岸部の軍隊は、どこも平等に潰滅しようとしていた。

この状況で生き残れるのは、中国とロシア、そして中部ヨーロッパだけだろうと考えられた。

第十三章　再会

東の空がうっすらと白んでくる。夜明けが近づいていたが、台風が接近する兆《きざ》しなのか風が強まってきた。七メートルから、時々一〇メートルに達する強風が吹きはじめていた。

土門中将は、海軍の下総航空隊基地へ陸路向かう予定だったが、すでに道路は大渋滞で、赤ランプを回しても走れる状態ではなかった。

幸い、空挺旅団本隊は出発した後だ。土門は空挺旅団が平泉現地に空挺堡を確保して通信ラインが整ってから出発する予定だったため、急いではいなかった。結局、基地ゲートを一〇〇メートル出たところで引き返すことになった。

自室に引き揚げると、消したつもりのテレビが点けっぱなしになっていた。CNNに出ていた解説者が「これは、六五〇〇万年前のユカタン半島への巨大隕石落下に匹敵する大災害だ！」と喚いている。

「気象班に照会しろ。ヘリはいつまで飛べるのかと。この状況だと、昼過ぎには暴風雨になるぞ。避難計画を前倒ししなきゃならん」

姜少佐は、机の上のメモに視線を落とした。

「電事連の例の方から、何度かご連絡があったようですね。至急、電話がほしいと」

「固定電話は繋がっているの？」

「携帯よりは繋がるのでは」

姜少佐はメモされた番号をプッシュした。相手が出ると受話器を土門に渡し、部屋を出た。

「土門さん、繋がってよかった！　聞いていると思うが、全国の原発に火を入れる羽目になった」

「津波は、大丈夫なんですか？」

「とんでもない！　太平洋側の原発は極めて危険だ。一応、地上電源車を建て屋の屋上に上げるなどして打てる手は打った。全ての原発施設にも、地下と地上の非常電源システムは喪失されると警告も出した。だが、電源車の燃料には限りがある。それも手配させているが、全カ所で都合がつくかはわからない。外からの送電線も全て破断するはずだ。マンデラ病世界の３・１１災害の妄想が、こちらの世界で現実になるかもしれん。たとえ、あと三日で世界が滅びるにしても、できることはしなきゃならん」

「われわれは何をすればいいんでしょうか」

「福島だけでも止めたかったが、そうもいかなかった。あそこには六基もの原発が集中している。職員が頑張ってくれているが。あんたは平泉に行くんだろう。福島原発は近い。予備の電源車を向かわせているが、これから渋滞に巻き込まれることになる。いざという時は、大型ヘリで運んでほしいんだ。それと燃料の手配も頼みたい。最低でも一週間は孤立した状況下で頑張るしかない」

「その予備の電源車が使えなくなったら、どうなるんですか」

突然、足下が揺れた。続いて下から突き上げるような震動があった。しばらく沈黙が流れて、向こうにもその震動が伝わったことがわかった。

「こちらは震度２くらいでした。そちらは？」

「こっちはビルの一三階だが、同じく震度２あるかどうかだろう。これから地震も増えると思うが、予備の電源車が失われても原子炉の余熱で最後の冷却水用モーターを回せることにはなっている。よほどの巨大地震でもなければそれは動くが、原子炉が冷えていくに従って当然出力も下がる。原子炉も燃料プールも、外部電源で冷やすしかない」

「わかりました。やるべきことはやります。原発を止めるのは、いつ頃になりそうですか」

「政府と協議に入っている。こちらとしては、とにかく太平洋側の原発だけでも一時間でも早く制御棒を入れさせてくれと頼んでいる。原発のほとんどは、なぜか太平洋側にあるんだ。最悪の場合は、津波が到達する直前ということもあり得ると覚悟している」

「原子炉は、電力会社からのリモートで運転を止められるんですよね」

「いざとなったら、政府の判断を待たずにそれをやることを検討している。どの道、震度5の地震が一回でもあったら止めるしかない。私しゃあ早めにそうなることを祈っているよ」

「できることをしましょう、最後の瞬間までね。衛星回線も混雑しつつあるので、軍専用の衛星回線の番号を後で連絡させます。私の副官が常にそれを持ち歩くことになる」

「了解した。それと、これは余裕があった時で構わないが、福島原発の職員の避難に手を貸してもらえると助かる。一応、避難手順は立てさせているが、津波に対して安全な高さの内陸エリアまでは、最短距離で一〇キロは走る必要がある」

「施設維持に必要な人員を弾いてください。大型ヘリ二機を確保するとして、最大八〇名前後が限界です」

「福島原発だけでも、運べる人員が一基あたりたったの一三人か。厳しいが、考えるよ」

電話を切ってテレビに再度視線を向けると、台風は南半球を覆い尽くすような規模に発達していると報じられていた。南米諸国とは通信途絶。ニュージーランドとも通信はできないらしい。

姜少佐が戻ってくる。迷彩柄のザックを持っていて、中身をいったん全部机の上にぶちまけた。

「あの方とも、長いお付き合いでしたね」

「そうだな。女房や司馬さんよりも長い付き合いだ。こんな最後になるとはな」

「この荷物を常時携帯してください。マルチバンド無線機の使い方はご存じですか」

「俺は将軍閣下だぞ」

「そうですよね。使い方が書かれた小冊子が入っています。ヘルプ・ボタンを押せば、簡単な説明がモニターに表示されます。UHFから短波まで、短波と衛星通信用のアンテナも入っています。ソーラー・バッテリーは八時間充電でこの無線機が三〇分使えます。近傍部隊連絡用のハンディも別に」

「こんなの必要なのか？」

「これは、緊急避難プログラム《エマージェンシー・エバキュエーション》（ＥＥＰ）として決められた手順です。副官との連携が途絶された時のためのもの。ロケータービーコンは一週間電波を発信し続けますが、間違って電源を入れないようにしてください。ピストル一挺にマガジン二本、エナジーバーにペットボトル一本。マルチツールにマグライトにメディケア・セット他、一通り入っています。私はこの荷物に関しては一切関知しないので、ご了解ください」

「まあ、乗ったヘリが墜落した時は役立ちそうだな。それで、大本営はどこに避難するんだ」

「松代大本営です。第一陣は、政府閣僚とともに午前中に出発します。本来なら将軍は第二陣要員でしたが、今回は平泉平定が優先ということで」

「平泉は平野で風を遮る場所も無いな。平均風速一〇〇メートルなんて風がきたら、敵味方どちらもティッシュペーパーのように吹き飛ばされるだけだ。いざという時の逃げ場所はあるのか？」

「渓谷地帯は近くにあるでしょうが、そこで凌げるかどうかは……。それと、司馬大佐から短いメッセージが入っています。僅かだが光明が差しつつある。彼女の記憶は回復しはじめている、と」

「それは〝響〟を動かすという話になるの？　そういう話になるなら、真っ先に言ってくるよな……」

土門は、またテレビを凝視する。

「これさ……台風の眼、拡大してないか？　直径数百キロはありそうだ」

「大型台風は、それだけ眼がはっきりとする。そういうことではないですかね」

土門は首を傾げた。

規模はもちろん特大だが、しかしこれは普通の台風とは少し違うという気がしていた。

司馬は、ペンションを出て松本連隊が設けた指揮所まで歩いた。

部隊は慌ただしく動いていた。松代大本営の運営をサポートする部隊を出さねばならず、警備の戦力も間引くしかないということになったからだ。風が出てきた。木々の梢が揺れて騒がしい。夜明けはまだで、赤い暗視照明が点っている。

その指揮所からさらに五〇メートルほど下った藪の中に、捕虜収容所が設けられていた。外には一個分隊、テントの中にも二人の兵士が見張りに立っている。ここには日影博士一行の誘拐を試みて一度は成功した解放軍情報部の、二人の高級将校が捕らえられていた。

司馬はランタンを手に中に入ると「二人に熱い

コーヒーと、サンドウィッチでももってきてください」と言って、警備の兵士をテントから追い出した。

二人はテーブルを挟み、カンバス地の椅子を兼ねた粗末なベッドで毛布を被って寝ていた。

「起こしてごめんなさいね。でも、今世界中で安眠できているのはあなたたちだけかもしれないわよ」

そう北京語で喋りながら、入り口側のパイプ椅子に座った。二人はゆっくりと上体を起こした。

「雷弘《レイホン》中佐に、盧立新《リュリィシィン》少佐。待遇に問題はないかしら?」

「ええ。小便がペットボトルの他は、何も不満はありません」

雷中佐が応じた。

「それはすみません。設置した仮設トイレが遠いのね」

司馬はランタンを天井に吊すと、左肩にかけていたトートバックから一〇インチのタブレットと衛星携帯を取り出しテーブルに置いた。そして、タブレット端末を起動しながら「津波のニュースは聞いた?」と続けた。

「先ほどカテゴリー7の巨大シンクが南米チリ沖で発生しました。津波と台風が、こちらに向かってきています。津波の第一波は今から一八時間後に太平洋沿岸に達します。台風はもっと早くに。ここにいる限り津波は大丈夫だけど、台風の風は平均風速でも一〇〇メートル近いそうだから、まあ、竜巻がくるようなものよね。どこかに避難するしかなくなる」

「それは、大陸にもくるんですか」と盧少佐が聞いてきた。

「ええ。大陸棚に乗った途端に、津波はさらに高さを増します。上海《シャンハイ》で高さ二〇メートル、黄海《こうかい》や渤海《ぼっかい》はさらに浅くなるから、三〇メートルを超える大津波になることでしょう。マントル層がむき出しになって、巨大地震が続いています。その津波はただの第一波でしかない。何回も襲ってくるでしょう。あなたたち、ご家族は北京にいるのよね？　ならそんなに心配はいらないかも。……ちょっとお願いがあってきました。孔博士の件です。あなたがたも教室から見ていて気づいたと思いますが、孔博士のお嬢様が現れた。とっくに死んだはずの娘さんが、別の宇宙では生きていたの。彼女は物理学者になっていて、父親や日影博士に協力して事態の対処にあたっています。こんなことを話す義務はないんだけど、われわれに隠し事は無いことを知ってほしいからお話ししました」

「彼女が解決できるんですか？」

雷中佐が、興味ありげに尋ねた。

「これまで一パーセントの可能性も無かったものが、一〇パーセントくらいに上がったとしたら喜ぶべきよね。それで相談というのは、父娘は再会できたけれど、まだ母親とは会えていないの。もちろんこの危機が解決できれば対面は可能だろうけれど、その可能性に賭けるのは無謀です。ご夫人は当然、公安部の監視下にあるわけよね」

「聞いてはいないが、当然そうでしょう」

「一目だけでも、テレビ電話で親子を再会させてあげたいんです。もちろん、若干の譲歩はします。そちらの上官が状況を把握するために、孔博士と直接話すことを許可するし、そもそもこの事態の切っかけになった精華大院生の実験に関しても情報提供をします」

「しかし、それは北京政府に、別の世界からきた孔博士の娘の存在を明らかにすることになる。話がややこしくなりませんか？」

「そうなのよね。だから、できればそのことは秘密にしたいんです。また奪還チームを送り込んでくるかもしれない。彼女のことを〝盗まれた中国〟からの使者だと誤解してね。そんなことで時間を無駄にはしたくないの。だから会談は、どこかの中立国の大使館でお願いしたい。表向きの理由は、孔博士が自分の過去の研究ノートを必要としていて、それに、できれば妻と会話して新たなヒントを得たいとか。——どうかしら？」

「悪くないアイディアだとは思いますが、中立国といえども使用人は全員公安のスパイで、ありとあらゆる部屋には盗聴器が仕掛けられている。秘密を守るのは無理ですよ。たとえロシア大使館でも」

「それについては、こちらで考えます」

「……作戦としては悪く無いと思うが、これは、何のためなのですか？」

ここで雷中佐が、意図がわからないと言った。

「単なる人道的措置ですよ。死んだと思っていた娘が、別の平行世界では生きていた。向こうでは、逆に両親が亡くなったらしいんだけど。会わせたいという人情は、中国人にもわかるでしょう」

二人のスパイは一瞬、顔を見合わせた。

「なんでしたら、五分くらい席を外しますけれど？」

「いいえ、そんな必要はない。少佐の意見を聞こう」

「そうですねぇ。失礼を承知で言えば、こういう時、敵の隠れた意図は何だろうか、本当は何がしたいんだろうと深読みをします。でも、それがよくわからないということは、裏の意図は無いということになるが……」

「確かに、奥方と博士が話したところでそれが真の目的ではないにせよ、誰にとってもたいした不利益は出ない。それどころか奥方も中国が誇る天才科学者。彼女から、本当に何かのヒントを得られるかもしれない。だが、われわれは日影博士との友好的な議論を知っているし、日本側がその後も配慮した事実も体験したが、自分たちの上司に通じるかどうかは……」

「なら、あたしに話をさせてくださらない？　こう見えても心理学者です。あたしの武器はバヨネットではなくて、言葉ですから。説き伏せてみせます」

「では躊躇う理由はありません」

司馬は、すぐに衛星携帯を雷中佐に渡した。中佐は北京のパニック・センターの番号をプッシュして自分の認識番号を伝え、今そこにいる上官を電話口に出すよう求めた。

中佐が何か書くものをと手振りで伝えてきたので、司馬はメモ帳とボールペンを差し出した。

中佐はその上官の名前をすばやく書いた。

「方冠英《ファンクアンイン》陸軍少将です。自分より二つ上の上司にあたる。作戦全体の総括責任者です」

スピーカー・フォンにして相手が出るのをしばらく待った。

方少将に繋がると、雷中佐は自分が捕虜になったこと、しかしチーム全員は無事でありそれなりの待遇を受けていること、日影博士と孔博士の共同研究は日本軍の指揮下で継続されていることをまず伝えた。その後、日本側の要望を述べた。

向こうは単刀直入に「それで解決策が見つかるのか」と聞いてきた。

「何もしないよりはマシです」

司馬がここで割って入った。

「将軍、方将軍！　お話をさせてください。あたしは日本陸軍の司馬光大佐。心理学の専門家です。そうは言っても、雷中佐らを尋問しているわけではない。そちらにもし日本陸軍の幹部名簿があったら、三宿にある陸軍病院の心理学カウンセラーで、特技は北京語として載っているはずです。お話をさせていただいてもよろしいですか」

向こうはしばらく間を置いてから口を開いた。

「どうぞ。断る理由はない。われわれはお互い難しい状況下で困難な立場に置かれているが、歩みよる余地はあると思っている。あなたの北京語は綺麗で完璧だ」

「ありがとうございます、将軍。この電話は、自分の独断でかけてもらいました。軍上層部の許可は得ていません。解放軍が平泉の研究施設を占拠している状況下では、このようなやりとりは一切許可されないでしょうから、黙って行いました。

さて、ご存じの通り孔博士の研究は、奥様あっての業績。おそらく孔博士が研究資料を確認したいと仰るのはただの方便であって、本当は奥様と話をして、その中で何かのヒントを得たいという程度のことだろうと思っています。心理学者として、そういう行為は着想のきっかけとして重要であることを知っています。ここはお互い歩み寄り協力できればと考えますが、いかがでしょう」

「別に構わないが大佐、そういうことなら大学でもどこでも適当な場所で奥方とテレビ会談させるが？」

「いえ、一応こちらにも面子というものがあります。それを許すと、これは貴国政府の日本国内での行動を許容したと誤解を与えるおそれがあります。本来なら日本大使館を提案したいところですが、これは譲歩案です。将軍、危険を冒していることをご理解いただきたい」

「……いいでしょう。一時間でとは言わないが、この状況下では、奥方ももう起きているはずだ。可能な限り速やかに、奥方をその中立国大使館に向かわせます」

「ありがとうございます、将軍。それにあなたは、優秀な部下をもった」

「彼らをそれなりに遇してくれたことに感謝する。あなたのお顔を直接拝見できないのが残念だ」

「国家機密にアクセスする立場にはいませんが、この危機を回避できたら招待状でもお送りください。北京でお会いしましょう」

「それは楽しみだ。では、孔博士によろしく――」

電話は、向こうから切られた。

「さて雷中佐、この衛星携帯には、今かけた番号の履歴を消去する機能がありますが、どうします?」

「また必要になるかもしれない。残しておきましょう。しかし、このペンションは安全なのですか?」

「台風に対しては無力でしょうね。午前中には避難場所を決めないと移動もできなくなります。その前に話ができるといいのだけれど」

司馬が荷物をまとめていると、ようやくコーヒーと、サンドウィッチの代わりにホットミールが届いた。

「次の食事もこれくらいでお願いしますよ」と司馬は兵に命じる。

「それと、あなたたちの避難に関しては、私が自分で確認しますから心配はいりません」

雷中佐が立ち上がり敬礼で司馬を見送った。

風はどんどん強くなる。ヘリはまだ飛べるだろうかと司馬は案じた。

ここは信州の山奥だ。渋滞はまだ起こっていない。だがやがて都市部から一メートルでも高い土地に逃げようとする群衆が押しかけてきて、細い道路で身動きがとれなくなるのだろう。脱出する術は空しかなかった。飛行条件も、時間を追って厳しくなる。

それは、素人の自分にもわかることだった。

土門は、今度こそ平泉に出発するために部屋の電気を落とした。最後にテレビを消す。

直前のニュースでは、ＣＮＮの気象学者が台風の眼が巨大化していることに注目していた。シンクの衝撃波が収まりつつあるのではと推測していたのだ。台風の眼が拡大しているのは、そのエリアがエネルギーを喪失して気圧が平準化され、静けさを回復しつつあることの証拠ではないかということらしい。

しかし、一方で地震も津波も収まる気配は無かった。現在、静まり返った池にひっきりなしに水滴を落としたかのような大津波が、何波も発生して太平洋を北上していた。

姜少佐が、「一〇時が限界だそうです」と告げてきた。

「何が？」

「ですから、ヘリが飛べる時間帯です。それも大型ヘリが。中型ヘリは八時あたりが限度だろうと」

「昼まで飛べないの？　航空部隊の避難先の目処は立っているのか」

「小耳に挟んだ情報ですが、最初は北海道に避難するという話も出たそうですが、たいして変わらないということで、滝壺《たきつぼ》とか休火山の火口など、とにかく他より少しでも風が弱そうな場所を探すそうです。固定翼機は台風の上を飛び続けるという手もありますが、いつ収まるかはわからないですし。航空部隊も大変ですね」

ＭＨ２０００Ｂ汎用ヘリに乗り込むと、機体はすぐ離陸した。すでに地上は明るい。

一〇〇メートルも高度が上がると、土門は下界を見下ろして息を飲んだ。ありとあらゆる道路が、

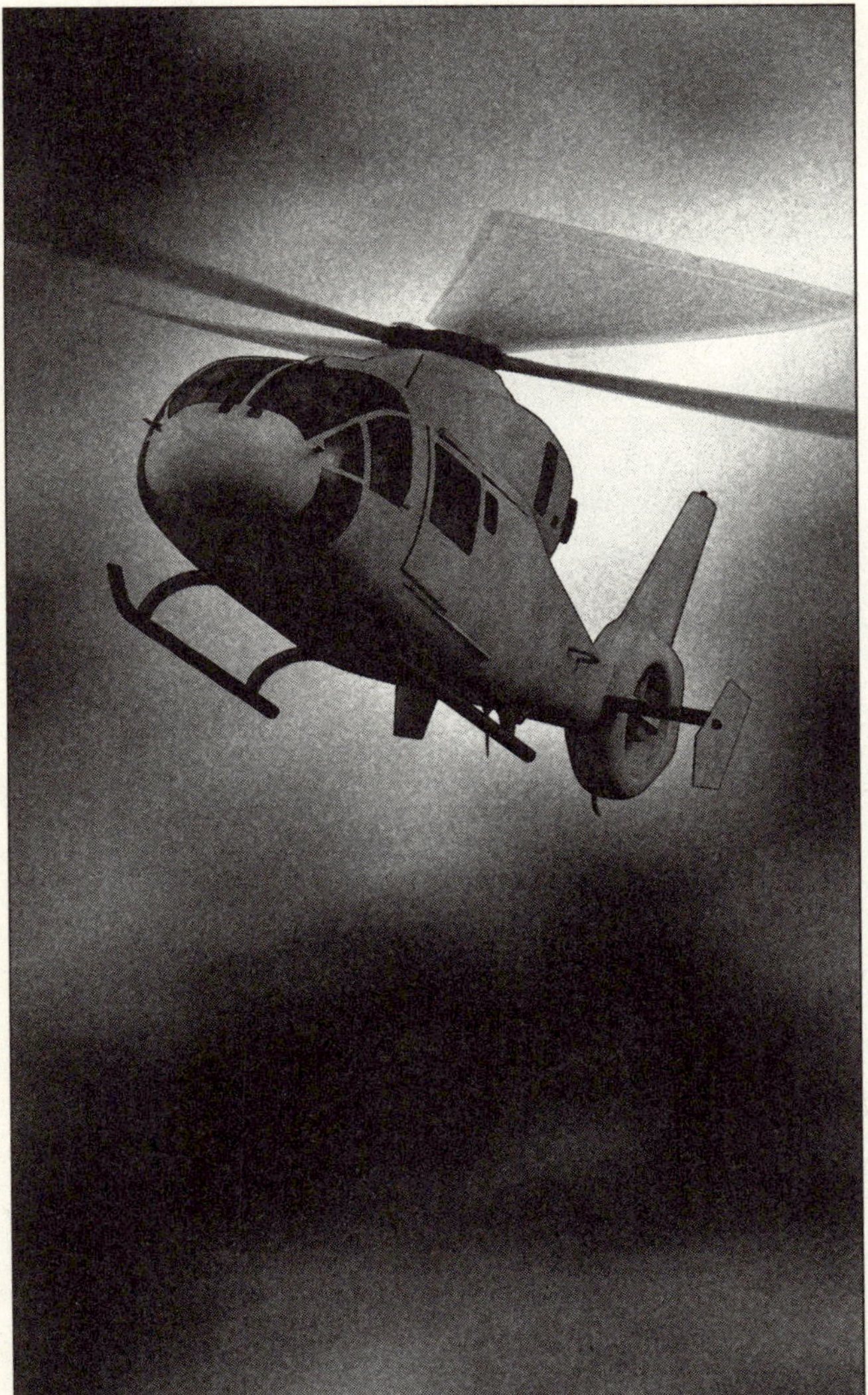

避難民のマイカーで埋まっていた。細い抜け道はもとより、対向車線を走っている車もいる。

警察や消防の赤色灯が渋滞にはまり、あちこちで身動きが取れなくなっているのも見える。

こんなに早く出発しても、彼らが高い山に辿り着くのは無理だろう。

夕方まで我慢して、せいぜい一〇キロも走れるかどうかだ。

車を捨てて歩いた方がマシだと思う光景だった。

孔博士の妻、呉正麗《ウジェンリー》博士は、中国科学技術館近くのアパートで軟禁生活を送っていた。

監禁されているわけではなかったが、アパートの入り口には常に私服の公安職員が二人見張りに立っていた。高級官僚や学者が多く暮らすこのアパートでは、そのことを不思議がる住民もいない。

昨夜は誰かが廊下で大声を出して「テレビを点けろ!」と叫んだ。それからずっと住民全員が起きている。そして朝の六時になると、明らかに公安部の将校だとわかる人物が訪ねてきて、所定の本棚に入っているあの資料を持って車に乗れと命じられた。

口調は丁寧だ。大学教授に対する礼儀はあるものの、時間を気にしている様子だ。

パトカーに先導された車は、外国公館が建ち並ぶ通りに入り、農業博物館が近いスウェーデン大使館へ到着した。

スウェーデン大使のフィリップ・ゼネリは「お茶をお出ししたいが時間が惜しい。まずは孔博士とお話しください。その後、もしご迷惑でなければお食事でも一緒に」と言いながら通信室へ案内してくれた。

そこは椅子が二つ横に並んだだけの狭苦しい部

屋だったが、大使館の技官がモニターを立ち上げ、呉がカメラの前に座るのを待っていた。

そして技官はマイクをセッティングし、最後に一瞬、彼女の眼前で左の掌を開いてみせた。そこにはマジックで〝盗聴《ワイヤータップ》！〟と書かれていた。

技官と入れ替えに大使が一瞬、顔を出す。

「何かあったら、ドアを開けてわれわれを呼んでください。時間は制限されていませんが、向こうも気象激変で少し慌ただしい様子です」

すでに先方はモニターに映っていた。ホワイトボードが見えるが、裏返しにされている様子だった。そして窓越しに外の景色が見えた。谷を見下ろしているような感じで、林の木々の先端部分が大きく揺れている。風が強いのだ。

やがて夫が椅子に座る姿が映る。背景が明るいため顔は良く見えなかったが、すぐにライトが点された。

ほっとした。元気そうな顔だが、目元は少し腫れている。寝ていないのだろう。

その背後に、これも見知った顔が立った。日影博士が一瞬右手を振って笑ってみせた。そして英語で呼びかけてくる。

「呉博士、あなたがここにいないのはつくづく残念です。この世界を救えたかもしれないのに」

「ソウスケ、あなたが雲隠れしなければ、こんな無茶をしなくてもすんだのよ！　でも相変わらずお世辞が上手なようで安心したわ。まだ頭は冴えているようね」

「だといいのですが。ここから先は、孔博士に譲ります。ただ、残念ながら時間はあまりないのです。一時間ぐらいは大丈夫そうですが、窓の外をご覧になればわかるように、風が出てきました。ただ、ここは津波に対しては完全に安全です。海岸線から何十キロも入った高地ですから。――さて、では僕はお二人の高名な研究者の話を聞く学生役に徹し、ホワイトボードの整理でもさせてもらいましょう」

ヘッドセットをつけた日影は後ろに下がった。

その後孔博士がカメラに向かい「聞こえているかい？」と呼びかけてきた。

「良く聞こえます。あなたが無事でよかったわ。日本に行くことを反対したけれど、収穫はあった？」

「それはもちろん！　ソウスケと丸一日、M理論に関して議論したよ」

「M理論？　そんなのがこの状況を救うのに役立つの？」

「それがポイントだけど、君が参加してくれると嬉しいんだ」

それは北京を欺《あざむ》くための時間稼ぎの討論だったが、思わぬ白熱を見せた。途中で何度か回線が切れたが、繋ぎ直しながら続いた。

九〇分続いた後、インターネット回線が不安定となり、ついに「ぜひまた、こういう機会をもとう！　とても有意義だった」と孔博士が締めくくった。

呉正麗は、久しぶりに脳みそをフル回転させたことで、ぐったりと疲れた感じになった。盗聴されていることも忘れて「私も歳をとったわ」と漏らしてしまう。

テーブルに置かれたペットボトルの水を一口飲み、持参したノート類をバッグに入れてからドアを開けた。

すぐに大使が現れ「博士、お聞きするところでは、外出もままならないそうなので、ぜひ朝食をご一緒にいかがですか」と誘ってきた。

「ありがとうございます。でも、ごめんなさい。夫の発言を、忘れないうちにメモにまとめたくて」

「それは残念です。しかし、当政府としてもまさか呉博士を大使館に招いておきながらお茶の一杯もお出しできないとなると……。ほら、われわれの国はちょっとユニークな賞をもっていることですし」

大使は含みのある発言をした。

「あら？　そういう誘い方をされては断れませんね。では、本当にお茶だけということで」

部屋を移動すると、バロック音楽がかかっている一室に案内された。だがそこは奇妙な部屋だった。壁にスウェーデン国王の肖像画が掲げられている会議室だが、部屋の中央では白い巨大なバルーンが膨らんでいた。そのバルーンの中に、テーブルと椅子が入っている。空気圧で膨張しているように見えた。

ファスナーが開くと、職員がその入り口を支えた。大使が先に入り呉を手招きする。

二人が入ると、外から二重にファスナーが閉じられた。ファンの音が微かにしていた。

「……何ですか、これ？」

「時間がありません。これはいわゆる機密情報隔離室《SCIF》です。外に音が漏れません。孔博士が内密の話があるそうです。専用の衛星を使い、極秘回線に二重の暗号をかけているため、普通のテレビ会談とはいきませんが。音声はぎりぎり聞き取れる程度で、映像も粗いかと。回線も不安定です。この程度のことしかできないことをお詫びします」

テーブルの上には、スマートフォンが一台乗っていて、ケーブルがエアコンのダクトから外に伸びていた。

スマホの向こうで「きたきた！」と女性が北京語で騒いでいた。スマホの向きが変わると、先ほど夫と対面した部屋を映し出した。

「そっちは安全か」と夫が話しかけてくる。

「ええ。ここはSCIFルームです。それで、何の話なの？」

呉は彼に問うた。

「すまないね。このことは機密だと思ってくれ」

ここでカメラの横から、ジーンズ姿の若い女性が入ってきた。その女性はカメラをじっと見つめ、それからモニターに視線を動かすと、一言「マーマ」と呟いて言葉に詰まった。

その表情は、辛く歪んでいた。そして「ごめんなさい、こんなのやっぱり無理、耐えられない！」とカメラの外に出た。

「誰⁉　それにママって何のこと？」

「娜娜《ナナ》、時間がもったいない。こっちに来て、ちゃんと顔を見せてあげなさい」

女性はカメラの前に戻ってきたが、泣きじゃくってしまい、しばらくは顔を上げようとはしなかった。

「……この子は私たちの娘・娜娜だ。ただし、この世界のではない。平行世界の娜娜なんだ。この子の世界でも私たちは存在して、沖縄で事故を起こした。だけどその世界ではわれわれが死んで、娜娜は生き残った」

「そんなこと、あり得ない！」

「君は物理学者だろう。これはあり得るんだ。マルチバースではあり得る。現に、目の前に娜娜はいる。そして彼女は物理学者になって、われわれを救いに現れた。まだ答えは出ないが、前進しているんだよ」

「娜娜……？　本当に、私の娜娜なの？　顔を見せて」

「ごめんなさい、ママ。一目でも会いたいと思って、お願いしたんだけど……」

「あの日の事故のことを思い出さない日はないわ。

あなたを失ったことを、どれだけ後悔したか。あなたは良い暮らしができているの？」

「うん。良い里親に恵まれたし、私、頭が良いのよ。二人の子供だから」

「じゃあ、さっきのM理論は、あなたの理論？」

「ええ、私の世界のね」

「この世界の理論より二〇年は進んでる！」

「でも、救えるかどうかはわからない……」

「頑張るのよ、娜娜！　あなたならできる。この世界を救って、私の元に戻ってきなさい」

　それから数分間、母と娘は溢れる涙を拭いながら、とりとめのない話をした。

　だが、その回線はふいに切れた。母親は、娘の顔で固まったままの画面を見ながらしばらく放心したように椅子に座り込んだ。

　大使がファスナーを開けて入ってきた。そして、呉の肩を支えながら立ち上がるよう促した。

「くれぐれも、ご内密にお願いします。中国政府が知ったらお嬢様の命が危険に晒される」

　母親は「わかっています」と小声で答えた。

「あとで今の動画を頂戴できますか」

「もちろんです。この危機が去った後に必ず」

　バルーンから出ると、部屋に流れていたバロック音楽の音量が下げられた。そこで大使は陽気な口調に変えた。

「うちの王立アカデミーというところもいろいろあるようでしてね。しかし私は、孔ご夫妻こそ、それを受賞する最短距離にいらっしゃるものと信じています！　今度一度、大使館でパーティでも開きましょう。ご夫妻でご参加いただければ、少なからずアピールになるはずです」

「ありがとうございます。もちろん、喜んでお伺いしますわ。あの、少し化粧室をお借りしてもよろしいでしょうか」

その後、呉正麗は崩れた化粧を直すと、公安部の車に乗ってアパートへと戻った。車の中で「報告書を書く必要はあるのかしら」と背広姿の将校に尋ねた。

「どうだろう。どこかの連中が盗聴していたと思うけど、どの道、簡単に理解できる話ではないだろうし、解決策が見つかったわけでもないのでしょう」

「ええ、でも希望はもつべきよ」

「そうだねぇ」と相手は生返事した。

希望はもてる――。

私の娘は、きっとやってのけると、呉博士は確信していた。

土門中将は、平泉の研究施設を右手下方に見ながら十分な距離をとり、台地を下った先の総合運動公園に着陸した。そこに空挺旅団の指揮所が設けてあった。

ここでも渋滞が起こっていたが、都市部に比べればまだ長閑なものだった。そもそもここはだいぶ内陸部だ。おそれるべきは台風であり、津波ではない。

指揮通信車に乗り換えて台地を登る。風は渓谷沿いの下より強い。いや、相当に強かった。

最前線の前線指揮所が設けられている消防団のテントが、今にも吹き飛ばされそうになっている。ロープで十重二十重《とえはたえ》に補強され、一部は装甲戦闘車に結び留めてあった。

そこで、ハッピ姿の元部下が待っていた。土門は、畑友之元兵曹長の偉大さを周囲に誇示するため、踵を揃えて畏まった敬礼をしてみせた。

「すまんな、曹長！　遅くなった。副官に、戦闘服や装備も持ってこさせたぞ」

姜少佐も「お久しぶりです」と敬礼する。

「この格好じゃ駄目ですかねぇ」

「そりゃあんた、戦闘服の上からハッピを羽織るのはいいけどさ、いざ銃撃戦になったら生存率を下げるでしょう。それで、敵の様子はどう？」

「昨夜は一晩中交代で塹壕作りでしたね。一二〇ミリ榴弾砲程度には耐えられそうな退避壕も何カ所かできています。トーチカというほどじゃありませんが、ある程度の高さから重機やロケット弾を撃てるようになっています。ここから見えるだけでも、ほら、すでに六箇所ありますね」

「爆撃すれば一瞬ですむ話なんだけどねぇ。……。ここさぁ、風が強くなったら避難する場所はあるの？」

「台地を降りるしかないですね。下の渓谷は、何しろ渓流下りをやっているほど険しいのでそれなりに風は防げるとは思いますが、平均風速一〇〇メートルの風はどの程度防げるのか……。いずれにしても住民はそちらに避難するように誘導されています。そこしかありませんしね。家ごと吹き飛ばされるよりはましだろうという程度ですが」

「あの研究施設は、大丈夫なのか？」

「建物は無事でしょうが、シャッターがあるわけではないですからね。ただ、地下室は何層もあるので、中にいる人間は地下室に降りれば安全は確保できるでしょう。それで、どう攻めるんですか」

「あの兵士全員を施設に収容することはできないだろうから、犠牲を最小に留めるためには風がくるのを待ってわれわれはいったん避難。戦車の監視でも置いて奴らの退路を断ち、兵隊が吹き飛ばされるのを待つのが一番だろうな。政府は別に、津波が来る前に片付けろとは言っていないから。まあ、急げとは言われているが」

「おそらく敵の一部は、農業の排水溝に立て籠もることになるでしょうが、あの風に対しては効果は無いでしょうな」

「でも、うっかり投降されても困るよな。自分たちの安全ですら確保できないんだから」

「しかしこの状況を考えると、人道上、投降を呼びかけるのが義務ですよね」

「仕方無い、ちょっと行ってくる。一時間で戻らなかったら、指揮官を帰せと交渉してくれ」

土門は腰のピストル・ホルスターと、習志野から背負う羽目になったザックを副官に渡し、連絡用のハンディだけを腰のベルトポーチに突っ込んだ。

「本当に行くんですか？」

姜少佐が翻意を促した。

「だって空挺旅団長たちは北京語は駄目だろう？　君たちとは格が違うんだというところを、たまには見せてやらんとな。語学は身を助く、だ」

「お気をつけて――」

土門は、敵の歩哨所まで真っ直ぐ道路を歩いた。風が強いため、路上を草が舞っていた。

階級を名乗り、疲れたから迎えの車をよこせ、そちらの最上級指揮官と会わせる気が無ければこのまま引き返すと大声で怒鳴った。

しばらくすると研究所のワゴンが走ってきた。乗り込みながら、そういえば畑元兵曹長からもらった年賀状に、一度観光にどうぞと書いてあったことを思い出す。研究施設を案内するからと。

改めて見ると、外見は普通だ。別にＳＦチックなデザインというわけでもない。今もまだ建設中の建屋が何棟かある。投資した資金は巨額だが、国民の虚栄心を満たす程度の研究成果は得られているんだろうかと考えた。

ワゴンから降りた途端、また軽い地震があった。兵士らが不安そうな顔をしている。中国ではそう滅多に地震は起きない。とりわけ沿岸部では。

　建物の玄関ホールは、指揮所になっていると聞いていたが、今はどこからかテーブルが運ばれて、野戦病院に早変わりしていた。幸い患者はまだいないようだが。

　そのホールで、敵の指揮官が待っていた。銭《チィエン》星《シン》陸軍少将と名乗ったその指揮官は、敬礼が終わると両手で土門の手を取り「お目にかかれて光栄です」と歓迎してきた。

「光栄……？」

「ええ。将軍は、自分にとって英雄なのです。目指すべき目標でもあった。何しろあなたは、日本軍の特殊部隊をここまで大きくした立役者じゃないですか」

「そう、かなぁ」

　土門はまんざらでもない顔で応じた。

「さあ、上に行きましょう。所長とも会ってもらう必要がありますし。お茶でもどうです？」

「それはいいが、君たちはここがどうなるかわかっているのかね」

「天変地異というやつは、どうにもなりません」

　カフェテリアに向かうと、ロシア人指揮官も待っていた。

「所長にもここにいるようお願いしたのだが、地震が起こったため、システムを調べに下に降りていった。間もなく戻るだろう」

　ユーリ・ガガーノフ陸軍少将は、英語で挨拶した。

「構いませんよ。津波に対してはここは大丈夫そうだが、風では相当に酷いことになる。ロシア人は、台風の経験はあまりないでしょうな」

「ロシア兵は建屋内に避難させる。中国兵のことは彼に聞いてくれ」

「計画は、将軍？」

土門は再び北京語で尋ねた。

「頭の痛い問題です。一部はこのコア施設に避難させるつもりですが、全員というわけにはいかない」

「わかっていると思うが、外にいる者は全員吹き飛ばされることになる。竜巻と同じだから、木の葉のように空高く吹き飛ばされる。共同溝だのタコツボだのに隠れても無駄だと思うぞ」

「タコツボを少し深く掘らせていますが、それでも駄目ですかね」

「雨も伴うから、溺れ死ぬ羽目になる」

「では、あなたがたはどうなさるのですか」

「ほとんどは、台地を降りて渓谷地帯に避難させる。安全かどうかはわからないが。後は六〇トンの戦車はさすがに無事だろうから、君らがどこかに隠れている隙に、戦車砲で陣地は吹き飛ばすことになる」

「きつい話だ……」

コーヒーを飲んで時間を潰していると、ようやく〝響〟リニア・コライダー研究所所長の名越堅太郎博士が戻ってきた。

「施設は無事ですか?」

土門は真っ先にそう聞いた。

「はい。今のところは。震度4なら二、三回は耐えられますが、震度5の揺れがきたらしばらくは使えなくなる。少なくとも三、四日はメンテにかかるので」

「職員や研究者の避難場所は?」

「地階まで降りれば安全だと思います。兵士にしても、コライダー本体に沿ってトンネルに逃げれば安全です。兵士や住民も、相当数収容できます。われわれとしては、戦争などしている場合ではない。一時休戦し、全員仲良くここに避難することを提案します」

「どのくらい収容できるのでしょうか」

「全長五〇キロのトンネルですよ。この平泉に隣接する市町村全ての人口を収容しても、まだ床は余る」

「そりゃ凄いな。しかし、われわれが肩を並べてここで雨風を凌ぐというわけにもいかない」

「ひとつ考えたのですが、こういうのはどうですか。すでに自治体側には、住民の受け入れに関して提案しました。その住民を間に挟んで日本軍、中国軍がシリンダーに沿って避難するというのは。彼らも文明人だ。民間人を危険に晒して仕掛けるようなことは考えないでしょう。整備用のトンネルが数キロ置きに掘られているから、敵と接触せずに出入りできます」

「われわれに、反対意見はありません」

　そう銭将軍が日本語で応じた。「ただ、できれば避難中は、地上でも仕掛けないことをお約束していただきたいが」

「個人的には、余り乗り気はしないが、考える余地はあるだろう。それは持ち帰らせてもらうよ。ただ、私は降伏勧告にきたのだということは忘れないでほしい。それより所長、電力に関してお聞きしたい。仮に地震に耐えてこの施設が動かせるとして、電力は確保できるのですか？」

「さすがに自家発電装置で、このシステムは動かせない。それなりの規模の変電所があります」

「地上からは見えなかったが」

「全て地下施設です。地上に置くといろいろと影響があるので、厳重にシールドした地下施設として、このコア施設の近くにあります。地上部分はエレベータ分の広さしかない」

「その変電所には、どこから電力が来ているのですか」

「もちろん福島原発です。全距離地下埋設なので、風は心配してません。津波がきても、原子炉をスクラムさせた後の余剰電力を回してもらえれば、数回は動かせるでしょう。そういう報告は政府にあげてあります。……ひょっとして、何かの目処が立ったのですか」

所長は明るい表情で尋ねた。

「そういう話ができればよかったんだが……。ただ、動きもしない施設を守るために爆撃や砲撃は駄目だという話には現場は納得できないから、この施設はいつでも稼働できるという証明をもらいたかったのです」

「それはもちろん、自信をもって言えます！　これはいつでも使える。だから過度な攻撃は控えてほしいのです」

「わかりました。あとは震度5以上の地震がこないことを祈りましょう。ではまず、住民の避難と誘導を行いましょう。希望者はいるんですか」

「あまりいないとは聞いてます。そもそも得体の知れない施設で、見学にきただけで癌《がん》になるという嫌な噂も立ったことがある。住民は、もっと高い所に早めに避難したいでしょうから」

土門はこのコア施設に三〇分近く留まった。

敵は避難場所が無く窮しているだろうと思っていたが、避難場所がないのは自分たちの方だったのだ。酷い計算違いだ。

ここはおそらく、日本で一番安全な場所だ。だがまさか、敵と一緒に同じトンネルに立て籠もれとも言えない。

どうしたものだろうかと悩んでいた。

第十四章　覚醒

利根川卓博士《とねがわたかし》は、ペンションの大部屋に配置されたホワイトボードをそっくり再現した部屋で、プリンタからA3サイズのカラー写真が吐き出されるたびに、それを一枚一枚手に取り、ある時は頷き、ある時は首を傾げてそこに映し出された数式をまたホワイトボードに書き写していった。

その作業は、昨夜から続けていた。客人が訪れたことにもしばらくは気づかないほどだった。

「差し入れをもってきましたよ、先生」

利根川はマジックを持つ手を止めて「ああ、すまん」と応じた。白い髭がうっすらと伸びていた。耳にイヤホンもはめている。イヤホンからはレコーダーの記録音声が流れていた。利根川はそれを止めた。

「エナジーバーに栄養ドリンクです」

特殊作戦群副司令官の神住史朗《かすみしろう》少将は、背負っていたザックを降ろした。

「渋滞が酷いんじゃなかったのかね」

「バイクを飛ばしてきました。飛ばすというほどの速度も出ませんでしたが。状況を確認したくてね……」

「何かわかったら電話すると言ったはずだが」

「別に急かしにきたわけではありません。ただ、孔娜娜《コンナナ》の記憶が急速に回復しつつあると聞いて、いてもたってもいられなくなったものですから」

「うん。素晴らしいね、M理論は。彼女は本物の天才だよ。それに、あちらの科学は半世紀は進んでいるかもしれん。軌道エレベータが間もなく完成するそうだ。しかし声はともかく、どうやってこんな写真をもってくるんだね?」

「ホワイトボードにピンホール・カメラが仕込んであります。コの字型に配置されているので、ワイドドレンズが正面を撮影したものを繋ぎ合わせ、三六〇度のパノラマ写真にできます。盗聴器は、そのホワイトボードを運び込んだ時に仕掛けました。それ以降、私の手の者はあのペンションの中には入っていませんよ。うちのボスは、私のことも他所の部隊のことも全く信用していないので」

「ふん。私はこの子の小さい頃をよく知っている。ほぼ家族ぐるみの付き合いだった。だが大人になった彼女とも、どこかで出会った記憶があるんだな。量子もつれがもたらす強いホールデン効果のせいだろうが。むしろ私が驚いたのは、孔博士の方さ。あの夫婦がわれわれと同じ世界で生きていた記憶が無い。それがなぜかがわからないんだ。それだけが矛盾している。あらゆる理論から逸脱した現象だ」

「彼女はこの世界を救えそうですか」

「無理だと思うな。どこかの宇宙は救えるだろう。だが、彼女の理論が正しければ、われわれが暮らすこの宇宙だけは救えないような気がする」

利根川は手を休めるとソファに腰を下ろし、差し入れられたドリンクを一本開けて飲んだ。

「実は、調べてもらいたいことがある。彼女が最初に持ち込んだメモ数枚の後ろの方、欄外に書き殴られたナンバーだ。彼女は、なぜか大事なポイントを欄外に書く癖がある。数式じゃない。あの右端のホワイトボードにあるNW-カS12……何だと思う?」

「何かのロット・ナンバーのようですね。だとすると、頭のNWは、ニュークリア・ウエポンの頭文字で、ハイフンの後のカは、カタカナのカですね。すると……ああ!」

「君は、知っているのか?」

「ええ。私は、陸軍兵器工廠《こうしょう》にいたこともあるので、ロット・ナンバーの付け方は一通り覚えました。カはカクヘイキのカで、Sはスペシャルの S。つまり、特別に重要なパーツという意味です。核兵器システムの中でも、もっとも重要なパーツを意味します。だいたいは弾芯であったり起爆装置に付与されるが、カSの12は、たぶんあれだ。非常に珍しいアイテムです。世間にはその存在を全く知られていない超極秘パーツです。元々アメリカが開発したもので、われわれもアメリカから買っています。そのメンテナンスを行う時は、必ずメーカーの社員が立ち会い、彼の監督指導のもとで分解組み立てが行われる。年に三度もない核兵器の分解整備のため、そのメーカーの米国人社員が二名、相模原《さがみはら》の陸軍兵器工廠に常駐し、われわれはその人件費を年間一億円ほど分担しているはずです。それが具体的にどう機能するのか聞いたことはないが、核兵器の小型高性能化に不可欠なアイテムだそうですよ」

　利根川はにやりと笑った。

「知っているとも。それは〝フォグバンク〟と呼ばれる代物だ。半透明というか、ほとんど透明だな。ある種のエアロゲル物質で、異様に軽い。一説によると空気より軽いというが、私は信じちゃいない。核兵器のダンパーとして組み込まれている。プラズマ現象を誘発し、加速すると言われている。つまり、核の小型化に貢献するわけだ。ものが透明だから、作業している様子はまるでパントマイムのようで滑稽だというね。ところで、これがもっている性質はそれに留まらない。ある種の素粒子を閉じ込めて、別の素粒子に変身させる性質をもつと言われている。誰がどこで実験したのかは知らんがね。おそらくこの〝フォグバンク〟にデーモン素粒子を当てることで、何かが起こるんだろう。問題は、デーモン素粒子のグループの中で、何を当てれば、何に変わるかだな……」

「もしどこかの宇宙を救えるとして、博士はそうすべきだと思いますか？」

「人類文明の価値というか、稀少《きしょう》さを認めるならそうすべきだろうな。君はどうしたいんだ」

「共産中国が覇権を握った世界を救うためにそうすべきだとは、とても思えません。どの宇宙を救うか選択はできないのですか？」

「そこが難しいところでな。11次元のM理論を完璧に理解できたとしても、それが可能かどうか。それを理解できるのは、少なくともこの宇宙では、孔娜娜一人だろう。いずれにせよ、何かやるとなったらそのフォグバンクが必要になる。確保しておいた方がいい。それをもつ者が、キャスティングボートを握ることになる」

「ありがとうございます。引き続きお願いします。避難はどうなさいますか」

「私は避難はしない。都市が潰滅した後まで長生きしたいとは思わんからな。間もなく、そこらでカテゴリー7のシンクが発生することになる。どこへ逃げようが無駄な抵抗だ。電気も止まるだろうし、私はここで過ごす。君こそどうするんだ」

「本来なら松代大本営へ避難するのですが、先生からの朗報を待ちます。お望みなら孔娜娜を連れてきますが」

「それは必要ない。私と話しても、答えが出るとは思えないからな。最後くらい父親と過ごさせてやれ」

「わかりました。お世話になりました」

「うん。上司をあまり虐めるなよ。彼は意外に良い人だよ。彼とも、どこかで会った気がするんだがな……」

「ああいう現場一筋とかを自慢する奴を見ると、虫酸が走るタイプでしてね」

神住は部屋を出ると、そこを守っている私服姿の部下二人に二、三命じてからバイクに乗って市ヶ谷へと戻っていった。

帰りは、行きよりはましだった。それなりにスムーズに走れるが、強風で時々バイクごと身体をもっていかれそうにはなった。

孔娜娜こと榎田萌は、風が強くなったベランダに出て、アームチェアに腰を下ろして外を見ていた。

そこから見える範囲内に止めてあったはずの陸軍のトラックの数が減っていた。台風に備え、指揮所もたたまれつつある様子だ。

二人の解放軍捕虜の処遇が問題になっていたようだが、司馬大佐の一言でペンション内に入れることになったらしい。拘束もせず、一部屋を与えてこれ以降は避難活動も一緒に行うことになった。

この後、ペンションを守るのは原田の部下の一個小隊ということになる。階下の食堂には原田少佐が現れて、避難計画の説明をしていた。

「間もなくCHが降りてきます。それに乗って佐《さ》渡《ど》へと飛んでもらいます。空軍のレーダーサイト内にある金鉱山跡のトンネルに入ってください」

「平泉の兵隊はどうするのよ」

司馬が原田にそう聞いた。

「中将からは、まだ伺っておりません。副官のニュアンスは、あまり気乗りしてない印象でしたね」

「そのヘリが撃墜される可能性は？」

「ゼロとは言いませんが、地上の道路はどこも渋滞が酷く移動もままならないし、空はこれですからね。ヘリの類での襲撃は無理だと思います。ただ、手は打つつもりです。いつでもここを出られるようにお願いします」

「わかりました。ここを捨てるなら、とにかく動けるうちにお願いしたいわ。陸路で走れても、逃げ込める場所はないんでしょう」

「松代大本営が政府要人の避難所に指定されていますが、この道路状況では県内移動も難しい。ほんの四、五〇キロなんですがね」

「判断は少佐に任せます」

「少し危険なことをお願いすることになるかもしれません」

「覚悟の上よ。ああ、でも不時着とかパラシュートで飛び降りるとかは勘弁してよね」

「それで、彼女は落ち着きましたか」

「ええ。今は冷静よ。気持ちが落ち着けば、母親に会えたことに感謝するわ。それより、たまには会ってあげなさいな」

「どう言えばいいか、わかりません。知らない人間なのに」

原田が部下に呼ばれたので、司馬も二階へと上がった。

萌と羅門が、司馬が三宿の自分の部屋に書いていたマンデラ病世界の世界線の歴史的出来事を並べた図をホワイトボードに貼って眺めていた。

「マンデラ病の患者が記憶する歴史は、一九八九年から分岐するんですね」

萌が羅門に聞く。

「そう。そこまでは綺麗に同じだ。ケネディ暗殺も、朝鮮戦争もあった。天安門《てんあんもん》事件までは一緒だが、そこからが違う。こちら側では鄧小平《とうしょうへい》が失脚し中国は内に閉じこもったが、あちら側では鄧小平が改革開放路線を貫き、そして成功したらしい。こちらの日本では、中曽根内閣が続き憲法改正を行ったが、あちらでは中曽根政権は終わり、しかもバブル処理に失敗して日本経済の停滞がはじまった。そこからの三〇年は、似ているようで決定的に違う。どこかが微妙にずれている。その理由がわからない。平行世界は一〇〇パーセント同一か、あるいは近似ということはあり得ても、途中までは完全に一致しているのに直近の一瞬だけ歴史が違うその理由がわからないんだ」

「それは説明できると思います。パパも聞きたい？」

そこまで日本語で話していた萌は、北京語で父親に聞いた。

「もちろんだよ。私をのけ者にしないでおくれ。お前の人生の倍の時間は研究に費やしてきたんだぞ」

萌は、そこから英語に切り替えた。

「つまりは、こういうこと。デーモン素粒子は、勝手に自己増殖する。他の素粒子と衝突を繰り返しながらね。でもわれわれの細胞と同じで、増える過程で複製ミスが起こる。これが細胞なら、それが進化の切っかけになることもあるし、癌化の原因になることもある。前に話した病院屋上のシーツの話を思い出して。——街の至るところに病院が建っていて、それぞれの屋上にシーツが干してある。ある病院では白いシーツだし、隣は水色、その奥の病院は薄いピンク色のシーツを使っている。つまり、それぞれの群れの宇宙は近似しているの。私たちのこのマルチバース宇宙では、仮に一〇枚のシーツが干してあるとすると、デーモン素粒子はほぼ完璧な再現能力をもっているから、何かの切っかけでそれが誕生したら、一瞬でもう一つの宇宙を再現する」

「一瞬？　この一三八億年の歴史をもつわれわれの宇宙を、ほんの一瞬で作ったというのか？」

父親が疑問を挟んだ。

「ビッグバン理論だって、10のマイナス32乗秒で宇宙が膨張したことになっていたでしょう。そもそもこれは11次元世界での〝一瞬〟という言葉であって、私たちが概念とする〝一瞬〟という言葉とは、たぶん定義が違う。私たちはせいぜい四次元世界の住人だから、その〝一瞬〟や世界観を理解できない。二次元の住人に三次元がわからないのと同じことね。そしてこれはもちろん、量子力学で言うところの観察者効果の話でもある。観察者が目撃したから、それは存在する。宇宙は、われわれが見ていない方角には何も存在しないかもしれない。古代の人々が水平線上に輝くさそり座のアンタレスは知っていても、真上を見上げる機会を得るまでは、北極星は存在しなかったかもしれない。この世界のインフレーション理論は、観測を試みたから発生したとしたら……？　それで、このデーモン素粒子はほぼ完璧な仕事をやってのけたのだけれど、完璧ではない。この世界の人間がビッグバンと呼ぶ現象から、銀河の誕生、太陽系の成長、生命誕生、ほ乳類、人類の進化、産業革命まで見事にコピーしてみせるけど――」

「直近の一瞬は、駄目なんだな」

いつの間にか会話に加わっていた日影がそう呟いた。

「そう。宇宙年表でいえば、大晦日《おおみそか》の23時59分59秒の下に小数点以下で9が三つくらいつくのかしら。そういう最後のディテールは、デーモン素粒子にとってはどうでもよかった。だから直近の歴史が微妙にずれている。マンデラ病の感染者は、そういう世界を覗いたの」

「一瞬で宇宙を作り、その地球上にも三〇〇〇年の中国の歴史があるのか」

「そういうことね。別に不思議じゃない。たまたま風に揺られたシーツが接触したから、彼らはその世界を覗き見た」

「ある種のホログラム理論というか、シミュレーション世界だな」

　そう日影が言う。

「ええ。われわれの全てが、その世界にいる可能性はあります。時間という概念は、実はその中で暮らすわれわれだけを縛っているのかもしれない。二次元の迷路で忙しなく動き回っている生命体は、その世界から真上にジャンプして三次元的に動けば、ここが迷路でなくなるということを知らないまま一生を終える。彼らの世界には、空は存在しない。空間という概念が無いからです。私たちはまだこの四次元空間を脱出する術を知らない。あと一歩だけど」

「皆さん、申し訳ないですけれど、すぐに避難する準備をしてください」

　司馬が話を止めた。

「間もなく最後のヘリが迎えにきます。避難場所は佐渡島の金鉱山跡です」

「平泉じゃなかったんですか」と羅門が聞いた。

「ええ。だって、あそこに行っても、もうできることはないんですよね」

「リニア・コライダーなら、私の世界の平泉にあったけど、あそこで何かを作れるとしたら、〝ヴォイド〟を作ってこっちの世界に撃ち込もうとしたはず。でも、長さ三〇キロでは……」

「〝響〟は五〇キロですよ」と羅門が訂正した。

「え、そんなまさか！　私の世界のリニア・コライダーより性能がいいはずがない」

「こちらも、最初は三〇キロで作る予定だったんです。五〇キロにすることに、科学的な合理性はなかった。一応、それだけ出力が上がるとか、世間を煙に巻く理由はつけられましたが。当時、その建設予定地のかなり外の地域出身の有力政治家がいて、彼はそれを地元に引っ張ると宣伝していたんです。ところがコントロール・センターは平泉に取られてしまうし、往復三〇キロで十分だということにもなってしまった。それでこの政治家は激怒して官邸に乗り込み、彼の選挙区に届くように二〇キロ延伸させたという経緯があります」

「それはまた凄いですね……あれ?」

萌は眉根を揉んで、何かを必死に思い出そうとした。

「なら、条件が、変わってくるの?」

そう言うと、デーモン素粒子のグループを描いたボードの前に立った。

ここで司馬のハンディで音が鳴る。

「ごめんなさいね、タイムリミットです。ヘリがきます。続きは避難先で考えましょうね。そのボードを写真に撮ったタブレット端末で研究を続けてください。ホワイトボードはトラックに乗せて、ひとまず安全な場所で保管してもらいましょう。さあ、みんな早く準備して!」

かなり強い雨が降ってきた。雨粒が窓を叩いている。全員が軍が用意したダサい雨具を身につけた。ただのポンチョだ。頭から被り口元の紐を締めれば、帽子部分が飛ばされることもないが、誰が誰だかわからなくなるのが難点だ。

ヘリは、ペンションの農場を登った丘の上に着陸しようとしていた。

日影博士は裏口から出る寸前、香菜と井口に話しかけた。

「香菜さん、この家のことに関しては遺言を残しておいた。松本の弁護士に預けてあります。家は駄目かもしれないが、土地は残るでしょう。全てあなたに譲ります。あなたの夢を、ここで実現してください」

「先生、縁起でも無いことを言わないでください！　ここは先生にとっても大事な家でしょう」

「たいした付き合いはなかったけど伯父の遺産だし、気に入ってはいるよ。でも、有効活用するのが一番だ。井口さんも、責任をもって香菜さんを助けてください」

「ありがとうございます。でも、そうならないことを望みますよ」

　原田が先導して、一個分隊で両脇を挟んで畑の横を登っていく。CH－47J大型ヘリは慎重に高度を落とし、横風に喘ぎながら降りてきた。視程は二〇〇メートルもなさそうだ。

　丘の上からは、ペンションが霞んで見えた。一行を収容すると、ヘリはすぐに離陸した。

　原田少佐は、そのローターが巻き起こした凄まじい水しぶきに紛れるようにすぐ隣の藪に隠れた。原田の部隊は誰もヘリに乗らなかった。

　軍人ではただ一人、司馬大佐が乗っただけだ。それと中国人スパイの二人も乗り込んでいる。すでに避難していた在外公館の外国人らがいたせいで、最小限の人員しか乗れなかったし、さらに新潟空港にいったん降りて次の客を乗せるということになっていた。

　原田たちは林の中を下り、ペンション北側の一階窓から室内に入った。

　一部屋に全員が集まった。萌が原田に気づくと「ああ、ダーリン！　やっときてくれた」と抱きつくが、原田は鬱陶しそうにその腕をふりほどく。

「すみませんが、皆さん。孔博士はその白髪が見えないように気をつけてください。それと羅門博士と榎田博士は色が白いので、違和感がない程度にドーランを塗ってもらいます」

「ねえ、あたしの軍服姿、どう？」

「綺麗ですね」

原田は生返事で返した。全員がコマンドの戦闘服を着ている。靴も軍靴だ。荷物を背負いポンチョを被れば、誰が誰かの区別も付かない。

「いいですか、私の部下が二階からホワイトボードを下ろし、トラックに積み込みます。それで、ここを見張っているスパイの注意はそちらに向く。その隙に、この北側の窓から出て林に入ります。そこだけが死角です。かなり急斜面ですが、ルートはすでに開拓ずみです。台地の上に出れば別のトラックが通りかかりますから、それに乗り込んでしばらく走ります」

「司馬大佐たちは大丈夫なの？」と羅門が聞いた。

「皆さんの知識に価値があると考えているならば、撃墜するような無茶はしないでしょう」

コマンドが土足で二階に上がるとホワイトボードをブルーシートでくるんだ上で外に出し、幌付きのトラックの荷台に積み込んでいった。

原田は、小さな出窓に掛けられた梯子の横で「さあ、気をつけて」とまず羅門を外に出した。

藪は急な角度の斜面になっている。日影の話では、たまにキノコ狩りで入る人間がいる程度で、自分もここに入ったことはないとのことだった。

下藪は刈ってあったが、別に登山道が整備されているわけではなかった。だが要所要所では、迷彩柄のガイドロープが上から下がっていた。その作業をほんの一時間でやってのけたのだ。

そこから、七〇メートルはまだ登る必要があった。酷い風雨の中で、ここを登らねばならない。

だが風雨のおかげでドローンは飛ばせないし、

たとえ飛ばせても下は見えなかったことだろう。

司馬を乗せたCH－47J大型ヘリは、まるで木の葉のように揺れていた。巨大な胴体が、悲鳴を上げて捻れるようだ。しばらく高度を落として、風が穏やかな渓谷地帯でホバリングしたほどだった。

キャビンの機首側には、白人の乗客が乗っている。少し違和感があった。司馬はそれを感じとった。

まず性別の偏りがある。男しか乗っていない。全員で六人。さらに年齢構成も妙だ。年寄りも中年男性もいない。皆若い。そして全員、髪の毛は短髪。筋肉質の身体つきをしている。まるで、軍服を脱ぎ私服に着替えた兵隊のようだ。

風が少し静かになると、コクピットから一人の士官が現れ司馬に挨拶してきた。

ヘッドセットを繋ぎ「自分は、特戦群副司令官の副官、川相勝幸《かわいかつゆき》大尉であります。人員の名簿を提出する必要があります」と告げた。

「あら、ごめんなさいね。慌てて出てきたものだから」

司馬はそう応じた。

「お隣にいるのが、孔博士と羅門先生でいらっしゃいますね」

「そうよ」と司馬は、自分から後尾側に座る二人の中国人スパイを見ながら言った。

「それで、向かいの女性が孔博士のお嬢様と、日影博士ですか」

「ええ、そうです」

川相は少し表情を歪めた。孔博士の娘はまだ二〇歳代半ばから前半ぐらいだと聞いていた。それに日影博士は三〇歳代半ばのはずだ。

全然違う。女性は三〇代に見えたし、男の方はまだ大学出たてにしか見えない。

「博士は若いし、彼女は、その……ちょっと、老けていませんか」

「あら、それは女性に対して失礼よ。あなた、北京語ができる？　孔博士に直接言ってみたらどう」

「いえ、残念ながら北京語は……」

川相は、いったんコクピットへと戻ろうとした。少将に報告しなければならない事態だろうかと自問した。

彼らは明らかに偽者だ。博士一行は乗っていない。ここにいるのは替え玉だろう。しかし、確証が無いまま報告はできない。

再び、司馬の元に戻った。

「大佐。率直にお聞きしますが、彼らは替え玉ですよね」

「まさか！　なんでそんなことをする必要があるのよ。全員逃げなきゃならない時に」

「自分は、少将から全権を与えられています」

大尉は後部ランプドアを下げさせると、司馬を引き立てて引きずるように後ろに連れていった。

「あなたが死んでも、残った彼らの正体を暴くことはできる。さて、どうしますか？」

司馬の耳元で川相はそう怒鳴った。ローターの轟音に掻き消されて司馬の悲鳴は誰にも聞こえなかった。

二人の中国人スパイがベルトを外して司馬を助けようと動くが、前方に座っていた白人集団もここで行動を起こした。

その瞬間、突風に叩かれて機体が大きく揺れた。司馬の身体は川相もろとも投げ出された。洗濯機に放り込まれた靴のように機体の中で転げ回る。そして、したたかに頭を打った司馬は気を失った。

直後、白人男性――ロシア兵らが立ち上がり、ある者はピストルを、ある者はバヨネットを握る。

「……ちょっと、痛いわねぇ。全く――」

すぐに覚醒した司馬は、頭を撫でながら起き上がった。そして、腰のピストルを抜こうとした川相の右手を押さえて、一瞬でマガジンをリリースした。

川相がきょとんとした顔で司馬を見た。

「あんた、レディの扱いがなってないわ」

そして川相の首筋に一撃を与えて転がすと、起き上がろうとした中国人スパイに「こいつを抑えていて！」と北京語で命じた。

そして、キャビンに仁王立ちするロシア人兵士たちに向かい、自分の左手の袖を指さして見せた。

「あんたたち、肘から先にタトゥーを彫るなと言われなかったの？　特殊任務部隊《スペッナズ》だとバレバレじゃない！」

かかって来いと挑発すると、銃を構えようとしていた男がにやけ顔でそれを仕舞い、前に出てきた。

最初の男は素手でおそいかかってきた。その後、三人目が後部ハッチから放り出されたところで、敵はようやくどんな相手を敵にしているのか気づいたようだ。

四人目はバヨネットを抜いて向かったきたが、司馬はその切っ先を軽々とかわしバヨネットを奪うとそれを頸動脈に突き刺して、ハッチの外に投げ飛ばした。

五人目が銃をホルスターから抜こうとした。だが慌てた様子で指が滑っている。その隙に、司馬が投げたバヨネットがむき出しの手首に刺さった。

最後の一人は、もっと慎重に動いた。後ろから仲間を抱きかかえて盾にし、腰の辺りで右手に銃を構えようとしていた。

司馬は、足下に転がる兵士が隠していた自動拳銃を手に取った。

「あら、グラッチじゃない？　良い銃を使っているのね」

　そう言うと、抱きかかえられた男越しに構わずＭＰ－443〝グラッチ〟の引き金を引いた。

　その衝撃で、敵はピストルをまともに構えることができない。司馬はダブル・タップで六発連発し、最後に膝を撃って盾にされた仲間が前方に倒れたところで、背後の六人目の額に一発命中させた。

　それで終わりだった。

　コクピットに顔を出して、パイロットの銃を奪った上で無線のラインを切り「下手な真似はしない方がいいわよ。ひとまずフライト・プランに従って飛びなさい」と言いながら、機長の首に、まだ熱した銃口をぐりぐりと突き立てた。

　ロシア兵を後部ハッチから全員放り出すと、意識を失ったままの川相のそばにしゃがみ込んだ。

「……あなたは、いったい、何なんだ？」

　雷中佐が呆然とした顔で司馬に問いかけた。

「やっぱり、戦場で物を言うのは言葉なんかより、一本のバヨネットよね。もう戦利品を飾る場所もないけれど」

　司馬は、後ろ手に縛り上げた川相大尉にヘッドセットを被せると、自分も被った上で、川相の頬をその血だらけのバヨネットでピチャピチャと叩いて目覚めさせた。

「さて、副官殿。あんたがどんな命令を受けているかを聞こうかしら？」

　躊躇なくバヨネットを肩に刺す。文字通り、容赦無く突き刺した。川相が悲鳴を上げる。

「じ、自分が受けた命令は、新潟沖に出たら、関係者を全員海に落として、トランスポンダを消し、機体は海に墜落したことにして、密かに戻ってこ

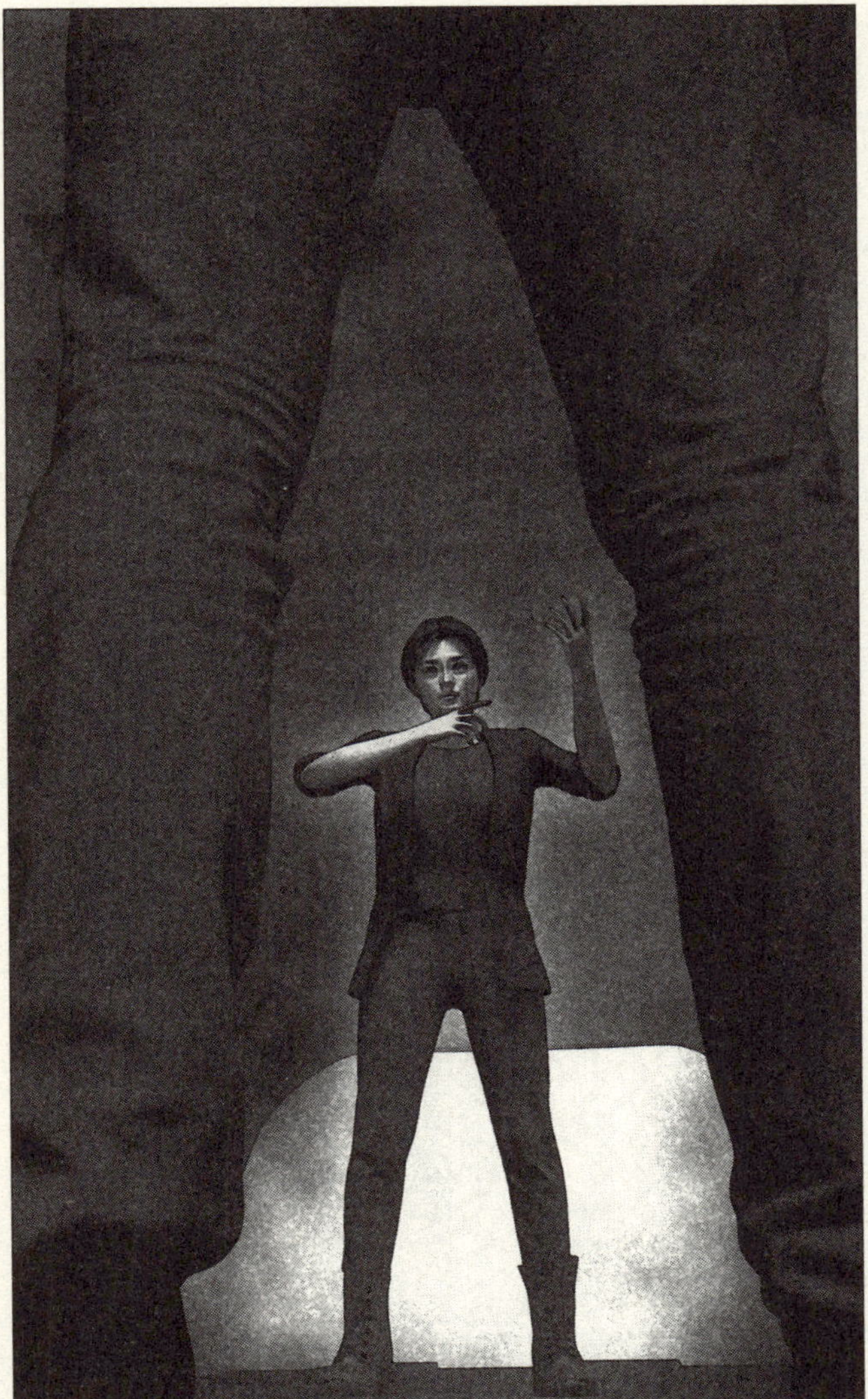

いというものです。理由は聞いていない！」

「ふーん。この時化《しけ》では助からないわよね。それで、あなたのボスはどこまで知っているの」

司馬はそのバヨネットをさらに深々と突き立てた。

「あんた、どうかしているんじゃないか！　こんなことしなくても喋るのに」

川相が涙声で訴えた。

「ちょっと、そんなに簡単に喋らないでよ。楽しみが減るでしょう」

「……ペンションの話は、全部盗聴していたはずだ。二階でのやりとりも、東京で見ていた。たぶん、知らないことはないはずだ。だいたい、群長が隠し事をするからこんなことに――」

司馬はさらに突き立てる。

「それで、副司令官殿の狙いは何なの？」

「ロシアとは話ができている。もしこの世界を救えないとしたら、何もしない。ただ宇宙が滅亡する瞬間を待つ。中国が覇権を握るような世界の誕生や存続は断固として阻止する。それは世界はもちろんだが、ロシアにとっても国益にはならないからだ」

「そんなにこの宇宙が嫌いなのかしら」

「どんな状況下でも、中国の覇権だけは阻止する。それが世界にとって一番大事なことじゃないのか？　それともあんたは中国の覇権の下で、中国人のご機嫌をとってまで暮らしたいか」

「ちょっといけすかない国であることは認めるけどねぇ。それで、あなたにはまだ使い道はあるかしら」

「ある！　俺は、副司令官と連絡をとれる。少将を説得できる！」

「そう。それは大事なことよね」

司馬は、腰のベルトをつかんで引きずると、後部ハッチの方へと移動した。

「助けてくれ！」と喚いているようだが、ほとんど聞き取れない。

そして司馬は、最後まで躊躇無く大尉を空中に蹴飛ばしてハッチを閉めた。残忍な視線で、まるで二重人格者のような顔つきだった。

その後、コクピットに戻ると佐渡へのコースをとったまま洋上へ出て、高度を落とすように命じた。

再び壁際のシートに戻ると、握ったバヨネットを放ってベルトを締めた。放心したかのようにため息を漏らし瞳を閉じた。

だが、それも一瞬のことだった。

次に目を開けると、司馬はキャビンの人数が減っていることにはじめて気づいたように「あら、新潟空港にはもう降りたのかしら」と雷中佐に聞いた。

「ええっ⁉」と雷中佐が仰《の》け反《ぞ》った。

それにしても奇妙だ。キャビンは血の海で、しかも空薬莢がコロコロ転がっている。

「ごめんなさい。あたし、頭を打って長いこと気絶していたみたいだわ。乱闘でもあったの？　皆、無事なのかしら」

雷中佐は、ここで真相を話すのは拙いと判断した。そして、前方にいた白人客は全員がロシア兵でわれわれを海上に突き落とそうとしたが、全員で応戦して何とか助かった。陸軍の大尉殿がその戦いで不幸にも戦死し、機外に放り出されたと説明した。それにパイロットの二人も敵の指揮下だと分かったので、見張る必要がある。司馬に、行き先を決めてくれと話した。

「そうそう、思い出した！　ペンションはスパイに見張られているんだっけ。盗聴もされているようだから、一行を安全に避難させるために囮《おとり》になるようにと、原田さんから言われたんだった。何にせよ、みんな無事でよかったわ。どういうわけか、まだ記憶が混乱しているけど……。ええと、まず、墜落を装った後に平泉方向へ低空で飛べばいいのよね」

「はい。それでいいと思います。あの、本当に大丈夫ですか？　大佐、もしかして何か人格障害が――。いいえ、何でもありません！」

盧立新《リュリィシィン》少佐が雷の耳元で何かを囁いて、その質問を止めさせた。

「――おい、なんだ？」

雷が少佐に聞く。

「ですから、あれ、二重人格とかじゃありませんよ！　あんな格闘戦術、人格が変わったからといって、できるわけがないでしょう」

「そうなんだが……じゃあ、あれはいったい何なんだ？　今のは、ただ格闘戦に秀でているとかいうレベルじゃなかったぞ。人殺しを趣味にしているような、まるでシリアル・キラーみたいな人格だった」

「とにかく、忘れましょう！　今はもう、あちらのスーパー・ウーマンは必要無いのですから、寝た子を起こさないように、そっとしておきましょう」

ＣＨは沖合に出ると、ちょうど佐渡との中間地点まで飛んで、暴風の中で高度を海面すれすれまで落とし、トランスポンダを切った。そしてすぐ本土へと引き返しはじめた。

レーダーに時々何かが映りはしたが、無線に応答はないし、何しろこの風雨なのでＣＨは洋上に墜落したものと判断された。

救出活動の開始は見送られた。

原田は、二台のトラックに分乗して台地を走った。一キロほどの直線道路の手前で一台を止め、車止めの倒木を置いてまた走る。そしてカーブの手前で全員を降ろすと、トラックを木立に隠し、カムフラージュのネットまでかけて偽装した。

やがて、南の方角から双発機が降りてくる。おそろしく不格好な機体だ。四角い胴体でやけに太って見える。強風に煽られて、右へ左へと揺れていた。

ようやく着陸したかと思うと、大きくバウンドして飛び上がった。それを二度三度も繰り返し、ようやくカーブの手前で停止した。

「原田少佐、この飛行機は大丈夫なのか？　やけに古そうに見えるが。うちの人民解放軍ですら手放しそうな骨董品だぞ」

孔博士が怒鳴った。兵士が声を上げて、全員で機体の向きを一八〇度変えさせる。

「これは〝ショート・スカイバン〟という実にユニークな機体でして、海上保安庁のお下がりです。それを空挺旅団の有志で資金を出し合って維持しています。休日に訓練を兼ねたスカイ・ダイビングを楽しめるようにね。後ろのハッチが全開するんです」

「しかし、無事に飛ぶんだろうな？　滑走路長としては五〇〇メートルもないが」

機内に乗り込むと、機長席に座る水野智雄《みずのともお》兵曹長が、「急いでください。風がますます強くなっている！」と急かしてきた。

「本職のパイロットはいないのか」

「はい。この渋滞で身動きがとれなくなったんです」

原田が副操縦士席に座った。

「離陸できるの？」

「風がなきゃ無理ですね。向かい風が助けてくれることを祈りましょう」

全員の収容が終わると、水野はブレーキペダルを目一杯踏み込んだ上で、パワーレバーを前へと倒した。機体がのろのろと動き出す。

「こいつは重いや！　普段より全然重いぞ！」

「水滴のせいだよ」

背後から、萌が覗き込んで嬌声を上げた。

「キャー！　ダーリンってばメスを握って手術もすれば、飛行機の操縦もしちゃうんだ。素敵！」

「黙って座ってて。怪我するから！」

溜まらず怒鳴り返した。

「フルスロットル。横風に気をつけて――」

三〇〇メートル走り切ったが、機体はびくとも浮く気配はなかった。水野がほんの僅か操縦桿を引いてみたが、機首が僅かに浮き上がっただけだった。

「何か計算を間違えてない？」

「ヤバい！　高度の要素を入れてなかった。でも、なんとか……」

車の通行を阻止するために置いた倒木が見えてくる。

「せめて枝を伐《う》っておくべきだったな」と原田は後悔した。二メートルほどの枝が空中に伸びていた。だが、スカイバンは、その寸前に離陸した。枝が胴体下面をこすった時には、拍手がわき起こった。

上昇すると、機体はあっという間に雲の中に突っ込んで翻弄されはじめた。

「さて、じゃあこれで平泉へと向かおうか――」

これで敵を出し抜ければいいが。

それに、解決策が見つかったわけでもなかった。

第十五章　記憶

土門中将は、台地を降りた渓谷の近くにいた。住宅街から切り立った渓谷で、道路からの深さは最低でも五〇メートルある。町を貫くように流れているが、下るのは命懸けだ。

渓流下りの船着き場があって、畑元兵曹長の話だと、ここに赴任する研究者は一度はここで渓流下りを楽しむのが習わしらしい。渓流下りと言えば聞こえはいいが、現実はライフ・ベストにヘルメットを被っての激流下りだ。

この風雨のせいで、水かさはどんどん増していく。土門がヘリで降り立った時よりすでに五メートルは上がり、船着き場も今は水面下だ。

特戦群は、今は廃道となった旧県道跡の長さ二〇〇メートルのトンネルに陣取っていた。トンネルの出入り口を装甲車で塞いで風除けとしていたが、あまり効果は無かった。トンネルの中で、さらに車両に入ってようやく会話ができるほどだ。

特戦群副司令官の神住史朗少将は、副官を従えて土門が乗る指揮車両へと顔を出した。

土門は「よくヘリが飛べたね」と言いながら出迎えた。

「あれ、副官が替わったの？　前は、もう少しやさ男風だったよね」

「ええ、ちょっといろいろありまして」

「君、東京とか松代大本営とかに帰れる?」

「しばらくは無理でしょうね。この雨風を凌がないことには。ただ、政府の極秘情報では、この台風は間もなく勢力が小さくなるそうです。小さくなると言っても、大型台風を超えた超大型台風には違いありませんが。眼がどんどん大きくなっていく。少なくとも上空に関していえば、エネルギーの移動が収まりつつあるそうです。全球を覆い尽くす前には台風は消えるだろうと。ただ、避難命令は有効だそうです。津波も来ることですし」

「それで、たまには現場でも見たくなったのかね。その野戦服、似合ってないよね」

「自分でもそう思います。実は、お知らせすることがありまして。これは自分が直接、ご報告した方がいいだろうと思いました。実は、司馬大佐らを乗せたCHが、佐渡島へ向かう途中で消息を絶ちました。救難信号の類はありません」

土門は「え?」という反応を示した。

「確か、そこには孔博士や日影、羅門先生方も乗っていたんだよね。佐渡の金鉱山を目指して」

「はい。自分の副官もそこに乗っておりました。あれは私が手配したヘリなので、万全を期すべきだと判断しまして」

一瞬、シートから立ち上がろうとした土門だったが、ショックの余りへなへなと座り込んだ。

「……うん、まあ、しかし大型ヘリなら安全に不時着水できるよね。まだ昼だし、捜索救難で探し出せるだろう」

土門は自分を納得させるようにそう言った。

「残念ですが、現場付近は波浪《はろう》五メートルを超える大波が立っていまして、ヘリも飛べません」

「でも、ほらさ、海軍に要請して飛行艇のUS-3を飛ばしてもらおうよ。連中はプロだから、波浪五メートルくらいなら、鼻歌を歌いながら降りられるでしょう」

「もちろん海軍に相談もしましたが、今後も時化が酷くなることはわかっていますし、現場海域の視程は――」

「仲間が墜落したのに、探しにも出ないというのか？　酷いじゃないか！　俺と司馬さんが、どれだけ長い付き合いか知っているよな」

「しかし群長、問題は孔博士親子や日影博士などの――」

「学者が何だってんだ！　あいつらが謎を解き明かしたところで、今更何もできないんじゃないのか。台風一つ止められんぞ！　本当に術はないのか」

「はい、残念でありますが」

　土門はここでようやく現実を受けて入れ、ため息を漏らしながら車両の天井を仰ぎ見た。

「司馬さんはさ、八《や》つ裂《ざ》きにしたって、勝手に手足がくっついて元に戻りそうな人だったけどねえ……」

「そうなのですか？　自分の印象とはだいぶ違いますが。この危機では、まだまだこれから犠牲を出すことになります。気をしっかりもって対処しましょう」

　土門は、しばらく黙り込んでから、首を横に振って自分は駄目そうだと意思表示をした。

「……すまんが、しばらく君が指揮をとってくれ。たいした仕事じゃない。希望する住民を施設に避難させるだけだ。誰か、畑元兵曹長を呼んでくれ！　故人に関して、積もる話がある」

「それで将軍の気が晴れるようなら、しばらくお休みください」

「すまんが、頼むよ」

　土門はすでに、心ここにあらずという顔だった。

　神住少将は指揮通信車を降りるとハッチを閉め

た。姜少佐が「どんな感じでしたか」と尋ねた。

「あれは、駄目だね。まあ、奥さんより長い付き合いだったらしいし。兵曹長を呼べとか言っていたな」

「畑さんのことですね。あの人も、司馬さんとは長い付き合いだったようですから」

「日本酒でも差し入れてあげてくれ。どうせやることはないんだ。避難誘導なら、消防団でも間に合うだろう」

「お気遣い、ありがとうございます」

　神住少将は、早速空挺旅団の幹部を集めて「しばらくは俺が指揮をとる！」と宣言した。

　姜少佐は、トンネルの外に出ると、落ち葉で埋まる細い道路を下った。

　道路沿いには、トンネルに入れない車両が数珠繋ぎに止まっている。消防車やパトカー、救急車まで止まっていた。谷間なので台地の上ほどの風は無かったが、今ですら一〇メートル以上の強風が吹いていた。

　姜少佐がスモークドガラスの覆面パトカーのドアを叩くと、雨合羽を着た運転手が降りてきて後部ドアを開いた。

　後部座席に座る警視庁特殊公安係参与の小辻守雄警視正も、雨合羽を羽織っていた。姜は隣に座ってドアを閉めた。

「合羽のズボンも履いた方がいいですよ。ほんの二分でずぶ濡れになるので」

「警官にとって雨は憂鬱だよ。張り込みの疲労が何十倍にもなる」

「こんなところまでよく来られましたね」

「軍隊ほどじゃないが、うちだって大型ヘリを持っている。しかし、なぜ自前でやらんのだね？　君らだって尾行くらいできるだろう。うちの捜査官が風俗に入っていく写真を撮って、送りつけてくるじゃないか」

「お互い様ですよ。おたくの捜査官はうちの隊舎の中まで入ってきて、玄関に堂々と写真を貼っていく」

「まあ、お互いスキルを磨くための他愛ないお遊びだな。しかし解せないのは、どうしておたくのボスは、私を信じたんだ？　天敵とは言わないまでも、良い関係でもなかった」

「はい。実は私もそれが疑問で、失礼かもしれませんが、警視正を信じていいのか、あの人が敵方である可能性は高いと将軍に申し上げました。それに対し将軍が仰るには、俺はずっと傍流だったしあの人も叩き上げであそこまで出世した。われわれが嫌いな人間は共通している。だから信用できると……」

「そんな浪花節《なにわぶし》で私を信じたのか？　意外にあの人も凡人だな」

「それはもう、凡人も凡人ですよ。肩書きはともかく、頭の中はただのサラリーマン軍人ですから。それで、何かわかりましたか」

「うん。知っての通り、実は警視庁もレーダー設備をもっている。見張っているのは都市部だけだけどね。ドローンによる事故を防ぐのが目的だ。立川基地を飛び立った陸軍のMH２０００B型へリが、なぜか相模原兵器工廠に降りていた。三〇分留まって離陸したらしい。立川に戻ったことは確認できた。それ以上のことはわかっていない。それとこれは、奴がバイクで市ヶ谷を抜け出した後の行き先と、会った相手だ」

　小辻はファイルを開いて見せた。望遠レンズで撮った写真が数枚挟みこまれていた。

「誰ですが、この老人は？」

「弊社の顔認識ソフトにかけた。量子理論学者の利根川卓博士だ。日影博士ほどではないが、この人も斯界《しかい》で有名なわりに隠遁生活が好きだったらしい。彼の元で、あのペンションにあったホワイトボードが再現されていたそうだ。監視はつけている。確保するかね」

「タイミングがきたらお願いします」

「それで、見通しはどうなんだ」

「そこは、まだなんとも。どこにスパイが潜んでいるのかわからないので、手持ちの部隊とスムーズに連絡がとれないんです。みんな無事だとは思いますが……」

「それは、うちより酷いな」

「警視正は、本庁の部隊とは自由に連絡がとれるのですか？」

「軍隊ほどとは言わんがね、警察もそれなりの投資はしてきた。心配はいらんよ」

姜少佐はドアを開けた。

「ご協力に感謝します。事が収まったら、これまでの非礼を必ず詫びさせますから」

「気にするな、お互い様だ」

そう笑って、小辻は姜を見送った。


ショート・スカイバンは、一度となく雲の上に出ようともがいたが、それは太陽を目指すイカロスのような愚かな行為で適わぬ夢のようだった。

機体は今にもバラバラになりそうで、何度も萌の悲鳴が響く。延々とジェットコースターに乗っているようなものだった。

キャビンから、ガルこと待田晴郎兵曹長が這うような格好で前に出てくる。

「どう思う、ガル？」

「どう考えても、地上の視界はゼロですね。たとえ真下に羽田《はねだ》空港があっても着陸は無理だ。着陸した後のセンターラインすら見えないでしょう」

「じゃあ、最初の予定通りか？」

「それしかないですね！　さすがにこの暴風の中で飛び降りた経験はないが、でも普段身につけている装備の重量を思えば、極めつけに異常というわけでもない」

「だといいがね。客に説明してくれ！」

待田は後ろに下がると、民間人に集まってもらいタブレット端末を見せた。

「……ここが平泉です。それで、研究施設はこの東側の台地部分にあります。付近に空港はないし、あっても着陸は無理です。直線道路に緊急着陸しようにも、視程はほぼゼロで、どんな風が吹いているかもわからない。そこで、パラシュートで降ります。タンデムという方法で、皆さんをわれわれが抱きかかえてジャンプする。問題はありません。大っぴらには言えませんが、時々小遣い稼ぎで、観光客を抱いてタンデムで飛んでいますし。それに、普段の任務では四〇キロから六〇キロの装備を身につけて飛び降りる。危険はありません」

「兵曹長、物理学者を前に、この状況下で安全を強調するのは逆効果だと思うよ」

羅門が首を横に振った。

「まあ、正直危険はいろいろとあります。降下予定エリアは、この平泉市街地南方の田園地帯です。幅二キロ、南北は四キロ以上もあります。GPS座標を睨みながら進入し、高度一〇〇〇メートルで降下。三〇〇メートルでキャノピーを開いて着地します。すでに停電しているとは思いますが電線はあるし、農業用水路もあるでしょう。しかし、山中や住宅街の真上に飛び降りるよりは遥かに安全です」

「飛行機はどうするの」と日影が聞いた。

「自動操縦で山岳地帯へ向けて飛ばし、人家から一番遠いところで山肌に激突するようインプットします。この風だとその前に墜落するかもしれませんが。皆さん、すぐにヘルメットとタンデム用のハーネスを装着してください。万一、バディに何かあった時のために、集合場所や無線機の使い方も聞いてくださいね」

「ねえねえ、私は当然、ダーリンと降りるのよね」

萌のその質問に、待田は不承不承の顔で頷いた。

「まあ、いいでしょう。安全だとは思いますし。でも降下回数で言うと、軍医殿は我が隊で一番少ないし、最後にパラシュート降下したのは、いつだったか」

「娜娜、悪いことは言わないから、専門の兵隊さんに委ねなさい！」

父親が注意するが「絶対に嫌！」と娘が険しい顔で断言した。

「ええ、まあ、大丈夫だと思いますよ」

待田の声が裏返った。その後、待田はコクピットに戻り、原田の肩を後ろから叩いて報告した。

「冗談でしょう？　だいたい自分はまともに降りられるかどうかもわからないんだよ？　メスの使い方が上達するたびに、パラシュートの操縦方法なんて確実に忘れていったんだが」

「いいじゃないですか、軍医殿。空挺降下なんて、オペと同じですよ。助かるか死ぬかです。中間はない」

「……脊椎《せきつい》損傷はどっちに入るんだ？」

「とにかく、この状況下で痴話《ちわ》げんかはしないでくださいね。旦那なら彼女の性格は知っているでしょうに」

「だから、知らん女だと言っているだろう！」

水野がパラシュートを背負っている間、原田が操縦桿を握り続けた。空軍に在籍していた手前、飛行機のことは全くの素人というわけでもなかったが、かと言って別に操縦できるわけじゃない。

　水野が戻ると、やっと交代する。操縦桿を握った両手が汗ばんでいた。

「いいですよ、準備してください。あと一五分で降下です。高度を落としながら、自動操縦をインプットします」

　原田はコクピットを出ると、自分と萌用のタンデム・ハーネスを装着した。

「安全に降りられる保障は無い。一人ですらこんな天気では絶対にパラシュート降下なんてしないんだから」

　そう萌の目を見て言った。

「凄いわ、ダーリン。メスも操縦桿も握れるし、ますます惚れちゃう！」

　だが、萌は明るく言うと抱きついた。

「機体のバランスが崩れる。急に動かないで！」

　全員が機体後部に二列に並んで腰を下ろした。タンデムは機内からの脱出が一番難しい。立てない機内では、座ったままじりじりと前に出るしかないのだ。しかも素人を抱いていると、いざという時に尻込みして、降下エリアを通り過ぎる危険もある。

　全員に、後ろから蹴り出すことが警告された。

まず羅門と孔博士が横に並んだままタンデムで飛び降りた。続いて日影博士が、さらに原田が続いたが、案の定、萌がつっかえた。誰かが原田の後ろから「押せ！　押せ！」と怒鳴ってタックルを喰らわせ、ようやく空中に押し出した。

　飛び出した途端、原田は頭が真っ白になった。天地もわからない。自分がどういう姿勢で落ちているのかすら把握できず、気を失いそうになった。

　その時、前方に抱きかかえた萌が、爪でも立てるかのように原田の腕をぎゅっとつかんだ。それでやっと原田は意識を取り戻す。両手両足を開いて、降下姿勢を保持した。

高度計を見るが、ほとんど役に立たない。だが、GPS高度計だけはきちんと動いていた。

対地高度三〇〇メートルでパラシュートを開く。傘は開いたが、あっという間に傘が濡れて減速が弱まった。ふわりとソアリングするというわけにはいかなかった。石ころのように落ちていく。どんどんと、あり得ないような高速で落ちていった。

だが、着地は奇跡的にうまくいった。地面は全く見えなかったが、明らかに畑だ。二人とも膝を曲げて、ほぼ完璧に降りたつもりだった。

しかしパラシュートを閉じる前に、暴風に引きずられた。萌が悲鳴を上げる。再び空中へと舞い上がってしまった。強いテンションがかかったせいで、パラシュートをなかなかリリースできない。バヨネットで断ち切る暇もなかった。

一〇メートル以上浮き上がったところで、片一方のトグルを強引に引っ張る。それでようやくまた地上に降りられた。そしてその瞬間、パラシュートをリリースした。

最初に着地したポイントからは、一〇〇メートルは引きずられているようだ。すぐ近くには、幅三メートルはありそうな濁流が流れる排水溝が迫っていた。

タンデムのハーネスを解除すると、二人とも泥だらけになっていた。萌は少し泣きべそをかいていた。

「酷い！　こんなに大変だなんて、誰も教えてくれなかったじゃない！」

「そうだね」

適当に相槌をうちながら、原田は顔を上げて周囲を観察した。視程は五〇メートルもない。すでにずぶ濡れだったが、まず萌にポンチョを着せた。身体が冷えるので、下のズボンも履かせる。

現在位置を確認すると、降下予定地点より一キロ近く離れているようだ。

風速は二〇メートルくらいだろうか。GPSを頼りに、飛行機ごと不時着を目指した方がまだましだったなと後悔した。

「大丈夫ですか、博士?」

「大丈夫なわけないでしょう、こんな危険なことをさせておいて。それに、博士なんて他人行儀な呼び方も止めてよ」

「集合地点に急ぎましょう。僕の陰に隠れて。それで少しは風を凌げる」

原田は全く無味乾燥に、感情抜きで命じた。怒ったら負けだと思った。

「ダーリンも、ポンチョを着た方がいいんじゃない?」

「ええまあ、でも自分は鍛えているので。北アルプスでの真冬の訓練を思えば、どうってことないです。水たまりには気をつけて。見かけより深いかもしれない」

原田は萌の手を引いてあぜ道を歩き、農道に出た。すでに電信柱が倒れている。停電しているのは明らかだった。これは、迎えを呼ぶにしても大変そうだと思った。

萌が何度も飛ばされそうになるので、ロープで身体を繋ぐしかなくなる。

「ねえ、私のこと、本当に覚えていないの?」

「だから、それは別の世界の僕でしょう。僕はあなたと会った記憶など無い」

「いいえ。私はあなたの宇宙の人間よ。いろいろあって沖縄での事故の後、他の宇宙で里親に育てられた。でも、助けを求めてあなたの世界に戻ったんです。自分の宇宙に」

「それ、変でしょう。あなたの宇宙の地球文明はこっちより何十年も技術が進んでいるのに、どうして遅れた宇宙に助けを求めに帰ってくる必要があるんですか」

「シンギュラリティが起こったの。自我に目覚めたコンピューターが、人類社会の支配を目指して邪魔な人間を排除しはじめた。気づいた時にはもう手遅れで、別の世界の人間に助けを求めるしかなくなっていた。私が〝ヴォイド〟で現れた時、記憶を全て失って自分が何者かもわからなかった。でも、衛生兵だったあなたに助けられた。あなたは私の世界を救い、私を置き去りにして自分の世界に戻っていった」

原田は、ふいに立ち止まって振り返った。

「いや、それは違う……。確か、僕は、その時、海上自衛隊のパイロットで、哨戒機に乗っていた。鹿屋基地で」

「そうよ！　私たちは基地の隣にある中学校の裏手で、新婚生活を送っていたの」

「でも、それは、僕が過ごした人生じゃない……」

「ええ。何もかも知っているわ。それはあなたが望んだ人生だっただけ。生徒隊の最優秀生徒だったあなたがどうしてパイロットにならず、防大にもいかず、畑違いの航空自衛隊に入ったのかも、私は知っている。あなた自身から聞いたからよ」

「あり得ない。誰にも話したことはないのに。どうしてあなたは、僕の秘密をそんなに知っているんだ？」

「私たちが夫婦だったからよ！　私たちはどんなに離れていても、あらゆる時空で知り合い、結ばれる運命にあるからよ！」

萌は、風に逆らって叫んだ。

「そうだったのか……。僕らはずっと一緒にいたのか？」

「そうよ……。愛しているわ、ダーリン！」

萌は、原田に抱きついた。顔を上げて軽いキスを交わす。

それで全てを思い出した萌は「さあ、行きましょう」と原田を促した。

「私たちの宇宙を救って、自分たちの世界に戻りましょう！」

集合地点に全員が現れるまで、予定より一時間余計にかかった。皆散々な目にあっていたが、ひとまずは全員無事のようだ。酷い打撲はあったが、骨折した者はいなかった。

最後のコマンドが現れると同時に、迎えの車が到着した。バスやトラックではなく、大型の消防車だ。

だが運転していたのは、畑元兵曹長ではなかった。

「すみません、バスでも出そうかと思ったのですが、ひっくり返るのがオチだと思って！　それに、消防車なら倒木処理しつつ走れるんで。自分は、畑元兵曹長の消防団で一緒に働かせてもらっています平憲弘元伍長であります。兵曹長殿からの伝言です。自分には敵の見張りが張りついていて自由に動けない。迎えに行けずにすまない、と。さあ、女性と隊長殿、民間人の皆さんは車内に。それ以外の方は後ろに飛び乗ってください。プロだから飛ばされないとは思いますが」

原田と羅門が前席に、萌と孔博士、日影が後ろに乗り込んだ。

「避難状況はどうですか」と原田が聞いた。

「政府広報がありました。台風は勢力を弱めているが、現状でも最大風速七〇メートル、瞬間最大風速八〇メートルはありそうだから、とにかく避難してくれと。政府はわざと過大に見積もり警告しているという噂もありますが、自分の人生で最大規模の台風がくることは間違いありませんね。

それに、津波の方は減衰してくれるわけじゃないですから。ただ、政府広報では津波がくる頃には、台風は少しは収まっているだろうと」

「そうだと助かるが。うちのボスのことは聞いている？」

「将軍閣下ですか。何か古い付き合いの同僚が航空機事故で亡くなったとかで、放心状態だそうです。そのため住民の避難は、副司令官殿が指揮しておられます」

「それはショックだっただろうな。解放軍はまだ平野部に？」

「ええ。この雨でも踏みとどまっています。ただ、排水溝に避難するつもりが、今はどこも濁流状態だから、そこは諦めて、結局みんな研究所に避難するだろうと言われてます」

　前に渋滞ができていた。マイカーが一台横転している。しかもその向こうでは、電信柱が倒れて道路を塞いでいた。

「この辺りは、まだまだ木製の電柱が当たり前ですからね。後ろにエンジンカッターがあります」

「任せてくれ！」

　原田は敵の罠かと警戒し、消防車を降りて現場を見にいった。だが、ただの自然現象だとわかると、障害物を排除するよう部下に命じた。

　車内に戻ってくると、平が消防無線に聞き入っていた。ありとあらゆる場所で通行止めが発生しているようだ。

「それで、われわれはどこに行けばいいいんですか」

「最初は、避難民に紛れて施設に入ることも考えたのですが、明らかに避難民を監視している連中がいて、すぐにバレるでしょう。コライダーに沿って、メンテナンス用の縦坑が何カ所か掘られています。北へ大回りして、そこから施設に入ります。道路はあちこち寸断されているでしょうが、皆さんの手数とこの車両なら、なんとかなるはず。必要ならブルドーザーでも呼び寄せます」

「お任せします」

「私は、地元の部隊に二期お勤めしました。畑さんは、普通の軍隊上がりじゃない凄みがあるとは思ってましたが、こんな部隊にいらしたとはね」

「ええ、みんな彼に育てられたのです。これで恩返しができればいいが。やっぱり、われわれはいつもあの人に助けられる」

道路が啓開されると、渋滞に巻き込まれていたマイカーがクラクションを鳴らしてお礼を伝えながら走り去っていった。

せめて日没前に施設に潜入したいが……。

原田はそう考えることしかできなかった。


東シナ海では、連合艦隊が日本海への航路を急いでいた。だがここでも、中国軍の捨て身の攻撃が待ち構えていた。

上海から長駆六〇〇キロをも飛んで仕掛けてきたのだ。

だが海上は、すでに戦闘機が発進できるような状況ではなかった。船舶が浮かんでいるのが不思議なくらいのうねりになっていたのだ。随伴するイージス巡洋艦の舳先が何度も海面に沈み、後尾のスクリューが水面上に顔を出した。

全ての戦闘機は九州本土から出撃していたが、すでに横風を喰らい、離着陸中の横転事故が起こっていた。

連合艦隊司令長官の郷原智海軍中将は「くそっ!」と毒づいていた。

「風が弱い分、大陸から飛んでくる側が有利だな」

「空軍機は、航続距離があります。ステルスを放棄し、ビースト・モードで飛行して敵を迎撃するそうです」

艦隊航空参謀の淵田祐太朗大佐が、ＦＩＣで報告した。

「うちはまだ飛べるの？」

「鹿屋は、まだ何とか。空軍も新田原、芦屋は大丈夫ですが、築城はアウトですね。真横から風を喰らっている。太平洋側の航空機は、もともと夏場の台風接近を想定した滑走路方位ですから。とはいえ、あと二時間が限界です。その後は、空軍のミグＣＡＰに期待するしかない。その間に、日本海側に避難する必要があります」

「正規空母の方がまだ耐えられる。強襲揚陸艦を先に日本海に入れよう。その間、われわれが囮になる」

「しかし中国は、よくもああ旧式機を繰り出せますね。そもそも稼働状態にあるなんて思ってもみませんでした」

「こういう時、物持ちの良さが物を言うのかもな。作戦参謀、各艦の対空ミサイルの残弾を調べてくれ。随時報告がほしい」

「はい。スプレッド・シートなら、すでに作ってあります」

艦隊作戦参謀の相田真理子大佐がタブレット端末を差し出した。

「赤いラインが三割、黄色が残弾五割です」

「三割ってことはつまり……五、六発しかないということだな。残弾がある艦と正面を交代させつつ移動する」

「了解です。主砲の調整破片弾はまだ丸々残っていますから、まだ危機的というほどではありません」

「いや、私は一隻も失うことなく、艦隊を日本海に入れる。対馬まで辿り着ければ、ペトリ部隊の応援も入っているだろう」

「しかし、陸軍部隊の残弾も知れているとは思いますが」

「艦隊の先鋒は、すでに対馬のペトリのカバー範囲内に入っている。あと少しの辛抱だ。全力で走れ！」

「せめて、韓国軍がもう少し協力的だと助かるんですがね……」


韓国空軍は、対馬南方へ出る味方戦闘機に対してしつこくスクランブルをかけてくる有様だった。

ステルス戦闘機F-3〝雷電〟に乗って飛行第五〇戦隊を率いる飛行隊長の神隼斗《かみはやと》中佐は、主翼下に燃料タンクや空対空ミサイル一六発を吊り下げるビースト・モードで飛んでいた。

すでに翼下ミサイルの半分を使っていた。使い切った外部燃料タンクをリリースする。これでだいぶ機体が軽くなった。残りの八発のミサイルも、早く使い切りたかった。そうすれば、本来のステルス性能を発揮できる。

彼らは今日一日だけで、一五〇機以上の敵戦闘機を叩き墜していた。空軍が担当したのはほんの五〇機に過ぎなかったが、墜しても墜しても敵は湧いてくる。それが信じられなかった。

空対空ミサイルは払底しつつある。滑走路もいずれ使えなくなる。

空中給油を受けた後はいったん硫黄島まで飛び、そこで燃料補給を受けて、津波が島を覆い隠す寸前に脱出するというアクロバティックなアイディアも出ていたが、今の時点で島は無人だ。硫黄島に着いた時、滑走路を掃除し迎えてくれる人間がいるかどうかの保証は無かった。燃料タンクが無事かどうかもわからない。

レーダーに新しい編隊が映る。速度と反応からすると、これも旧式のミグ－21戦闘機だ。海軍のE－2D早期警戒機からテキスト・メッセージが届く。

迎撃はゴールデン・イーグル部隊に委ねよというメッセージだった。

苛つく話だった。

台風はドーナツ状に成長していた。眼の部分は巨大な空間で、直径が優に一二〇〇〇キロを超えている。

そのぽっかりと空いた空間は、すでに晴れていた。穏やかというほどではないが、少し強い風が吹いているという程度だ。その真下を高さ一〇メートルを超える津波が何波も太平洋沿岸に向かってきていた。

台風部分の雲の幅は二〇〇〇キロで、それ自体まだ巨大ではあったが、それも時間が経過するごとにどんどん小さくなっていた。

しかし、日本全土で避難が必要な状況に変わりはない。

陸軍特殊作戦群は、ついに一発も発することなく停戦を受諾し、部隊をコア施設から五キロは離れたポイントで地下道へ避難させることを決定した。その間の地上での攻撃も行わない。

土門中将は、部隊と一緒には行動しなかった。副司令官をコア施設に入らせ、中露側との交渉役とした。

土門はしばらくトンネルに隠れたまま、ショックで責任能力を喪失した哀れな男を演じ続けたのだ。

夕刻前、風速四〇メートルの暴風が時々吹く中、消防車はようやくその縦坑の真上に到着した。二重のハッチを開けて内部に入れれば、そこは静かだった。螺旋階段を二〇〇メートルも下れば、コライダーに到着する。

一直線、南北二〇キロにも及ぶ巨大なシリンダーが延びていた。両端でターン・アラウンドするので、実際の総延長は五〇キロにもなるのだ。

ここは両端のターン・アラウンド部分なので、ここからコア施設まではまだ一〇キロもある。そのため、自転車や電動カートが何台か置いてあった。

原田が偵察へ出発する間、萌は広報用に壁にかけてあったパネルを外して、ホワイトボード用のマジックで宇宙図形を描きはじめた。

空気はひんやりとして、地上の風の音は全く聞こえない。静寂が広がっていた。

「仮にマルチバース宇宙――A、B、Cとしましょう。この近接した宇宙、つまり病院の屋上に干されたシーツは一〇枚あると規定します。実際はもっとあるけれど、今は無視。宇宙Aで為されたガレージキット実験でデーモン素粒子が生まれ、それは時空を超えて宇宙Bでプラスのシンクを発生させた。つまり、ここで起こっていることね。そして宇宙C――私の宇宙ではマイナスのシンクを発生している――では、その他DEFの他の近似宇宙でも似たようなことが起こっているのか？　それが平行宇宙であるなら、似たようなことは起こっているのでしょう。シンクが共鳴しあい、いずれこの屋上のシーツは全部が絡み合って、風に飛んでどこかに消えていく」

「ある種の対消滅みたいなものか」と父親が聞くと、娘はこくんと頷いた。

「実は、われわれの世界では、このデーモン素粒子の発見と恒星系消滅という大事件は、物理学会を揺るがすほどの大論争に発展したの。それで、それを確かめるために、私たちはある観測をこっそりと試みた。他国には黙ってね。つまり、こちら側の宇宙に来て、重力波天文台を打ち上げて、木星の公転面に配置しました」

「本当か！　ここで宇宙ロケットを打ち上げたのか？」

「うん。太平洋上から打ち上げたの。ただし、それはある種のステルス効果で偽装していたので、北米防空司令部《NORAD》も気づかなかったでしょう。その望遠鏡は無事に木星軌道まで飛んで、常に木星の反対側に位置して観測を続けてデータを地球に送り続けた。その電波はなぜかこちら側では発見されていないけど、私たちはそれを受信する観測ステーションも立てました。二年間、こちら側の過去の天文観測資料も踏まえて研究したところ、やはり同じ時期に、こちらでもあちら側と同じ位置にある恒星系が消滅していることがわかったの。それで決定的になった。デーモン素粒子は、時空の壁をなんなく越えて、その文明を跡形も無く消し去ると。しかし、どの宇宙でどんな愚か者がデーモン素粒子をうっかり生成するとも限らないことが判明して、私たちは震え上がった。しかし研究が進み、発生したデーモン素粒子を素粒子変換できるかもしれないという理論までは辿り着けた。もちろん実験は一度もやっていません。国際条約で、デーモン素粒子の生成は厳しく禁止されているから」

「ならこの〝響〟でそれを作り、デーモン素粒子を消せるんだな？」

「ええ。デーモン素粒子13eを、別の素粒子で消すことができる。この世界の〝響〟のパワーでならね。その素粒子のことを私たちはホワイト・ナイトと呼んでいた。悪魔《デーモン》と戦う白い騎士よ。正確には確か、デーモン素粒子グループの反ストレンジθと名付けられていた。それは、ここでまずデーモン素粒子13eを生成して……というか、生まれる直前にある物質に閉じ込めて、デーモン素粒子グループの反ストレンジθに変換すればいい。あとは、そのホワイト・ナイトが勝手にデーモン素粒子を探して食い潰す。それでこの宇宙は平和を取り戻せる」

「そのある物質とは何だ？」

「核兵器のパーツの一種よ。この世界でも使われていて、日本ももっている。アメリカ製だけどね。それを、誰かが手配してくれるでしょう。その間、この施設の機器を調整すればいい。津波が襲撃する前に作業を終えたいわね。でないと電力がなくなるから」

「では、急ごう！　解放軍部隊なら、私が説得できる」

「そんなに簡単に運べばいいんですが……」

不安げにそう言ったのは羅門だ。しかもここでは外界の情報が一切入らない。原田少佐がうまいこと誰かと接触してくれればいいのだが。

　遥か彼方で光が明滅していた。避難民が動き回り、コア付近の照明が時々見えなくなる。この辺りには赤い非常灯しかない。

　あのコア付近の照明は、遠い星々のように微かな灯りだった。

　あそこまでいけないことが、もどかしかった。

第十六章　別れと旅立ち

原田は、五キロほど走って避難民が屯《たむろ》するエリアを通り過ぎた。消防団員や警察官らも避難している。そこでようやく畑元兵曹長と会えた。

「ここは、安全ですか？」

「はい。自分が住民と一緒に避難したことで、敵の監視は消えました」

「敵の指揮官と話さなきゃならない。ただし、解放軍の指揮官だけに。ロシア側には知られたくないんだが」

「了解しました。自分は敵と信頼関係を結べているので、交渉してきます。しばらくここで待っていてください」

「向こうが嫌がったら、指揮官が話を聞きたいと言っていた同胞が来ていると言ってくださいね。それで伝わるはずだ」

畑がコア施設へと向かっている間に、追いかけてきた学者たちが自転車で到着した。ここでも萌は、小学生に借りたというノートと鉛筆で計算を続けている。萌は壁にノートを押しつけて熱心に計算していたが、ふいに手を止めると父親の顔を見た。涙が流れていた。

「……ごめんなさい、パパ。この世界は、救えないわ」

その言葉に、父親は「知っていたさ」と微笑んだ。

「私は、本当は存在しないんだろう？　ママも」

「うん。マルチバース宇宙Bは、存在しない。この世界に現れた時はパパがいてくれて、私はものの凄く喜んだ。でも記憶が戻るにつれて、わかってしまったの。パパは、どの時空にも存在しないと……。ということは、この宇宙だけは実存しないということになる。あらゆる時空にもね。ここは、デーモン素粒子がただの悪戯か、人類を試すために創ったシミュレーション世界――。パパもママも、あの日に死んでいた」

「うん、私もそう思うよ。ここで今お前と話している私は、ただのシミュレーションだ。だが、それでも楽しかったよ！　私たちは、本当の親子だ」

「神様がいるとしたら、私の願いを聞き入れてくれたのね」

「ああ。お前は自分の宇宙を救い、あの青年と幸せに暮らしなさい」

「私は幸せになるわ。そしてパパとママが成し遂げられなかった仕事をやり遂げる」

父親は娘をひしと抱きしめた。

その後、原田は士官を連れて戻ってきた畑元兵曹長とともに、孔博士を伴って電動カーに乗り込んだ。

コア施設の外れでは、銭《チィエンシン》星陸軍少将が一人で立っていた。暗がりに全員を招き入れると声を潜め「あまり、時間はない」と告げた。

「私が長い時間姿を消すとロシア側が怪しむ。それはともかく孔博士、お目にかかれて光栄です！」

「ああ。まず朗報がある。宇宙を救えるよ！　いくつかの準備と材料は必要だが、この施設を稼働させることで救えるんだ」

「本当ですか？　なら、もうこそこそする必要はない。すぐに上へ行きましょう！」

「だが悪いニュースもある。ロシア側は、この宇宙を救うことを良しとしないだろう。日本側にも、それに同調する軍人がいる」

「なぜです？　自分たちも死ぬ羽目になるのに」

「〝奪われた中国〟は、実在するのだ！　共産中国が繁栄し、世界を買い占めて覇権を確立した中国が存在する宇宙がある。それも、このすぐ近くにね。ロシア人も日本人の一部も、その世界が救われるくらいなら、みんなで滅んだ方がマシだと思っている」

「その日本の軍人というのは、副司令官のことですな」

「そうだ。だからまずロシア兵を排除する必要がある。この施設から完全に排除する。降伏を強いるとか、武装解除するのでは駄目だ。その全員をコントロール施設に近づけてはならん。奴らは爆弾を仕掛けて自爆くらいはするだろう。日本側は、君が会った北京語の流ちょうな将軍に任せればいい。何とかしてくれる。スペツナズの一個中隊は手強いぞ。しかも、施設を傷つけることなくやり遂げねばならないんだ」

「それは、とんでもない難題ですね。私もロシア軍は信用ならんと思っていたが、この状況で追い出すとなると……。ですが、良い情報もあります。われわれはコア施設の中でも、心臓部により近い場所にいるのです。ロシア兵はまだ地上階です」

「油断するな。連中だって、われわれのことは信用しとらんだろう。とにかく施設だけは守ってくれ」

「最善を尽くします！　もっとも信頼できる部下をここに残しますので」

将軍は、偵察小隊を率いる杜桐《トゥトン》中尉を呼ぶと

「たった今から彼らは同盟軍部隊だ。彼らの命令に従い、その安全に最大限配慮せよ」と命じた。

杜は、畑元兵曹長がいたことで特に疑問はもたなかったようだ。こっそりと「世界を救えるのですか？」と聞いてくるので、畑は何も答えずにただ唇の端をあげて見せる。

杜は、その辺りにいた兵をただちに散らし、自分の部下だけで固めた。


土門中将は、酷い嵐の中を戦闘装甲車に乗って玄関に乗り付けた。

副官に支えられて歩いていたが、時々足下がもつれていた。神住少将が近づくと、アルコールの匂いがぷんぷん漂う。

「……中将、場所を弁《わきま》えてください」

「なんだ、貴様！　酒でも飲ませとけと言ったのは、貴様じゃないのか⁉　こう見えても俺はな、普段は聖人君子だが、酒が入るとちょっと尊大になるんだぞ！」

「あなたはいつもそうですがね」

神住は「どうしてこうなるまで飲ませたんだ」と姜少佐を責めた。

「別に、私がお酌《しゃく》をしたわけではないですから。戻ってみたらもうこの状況で……」

姜は弱り切った顔で言った。

「おい、ロシア人はどこだ？　俺のロシア語はまだまだ錆びついちゃいないぞ！」

「……もう食堂にでも連れていって、寝かせておけ」

「しかし、上の階は危険だと思います」

「こんなに酒の匂いをさせた奴を、解放軍兵士がいる地階に降ろせというのか？　日本軍の恥だ。悪夢だぞ！」

「では、地下の窓がない部屋にでも閉じ込めておきます」

「ああ、どこにでも勝手に連れていけ。とにかくこの飲んだくれを、この目立つ場所から早く連れ出せ」

姜少佐は土門に肩を貸して階段を降りた。

地下の方が地上階より広い。廊下が南北に三〇〇メートルは続いていた。非常灯を頼りに歩き、探していた部屋に辿り着いた。

電算室だ。北京語で「入るな」という貼り紙がしてある。暗証番号を押して部屋を開けた。部屋に入ると土門は電気をつけずに、アルコールをしみ込ませた上着を脱ぎ捨てた。

「……まずは内線電話だ」

地下北西ターンアラウンドの番号を押すと、待田兵曹長が受話器を取った。

「こちらプライム、ドックに入った」

「ガル、了解です。ホットドッグは、フライパンに乗った模様です」

「了解、アウト――」

姜少佐が自分のザックから、着替えの作業服を出した。施設のロゴが入っていた。

「では君は、所長を探して、移動できるかどうかなど、状況を観察してくれ。例のケーシングが見つかれば何よりだが」

「将軍は、顔を知られているんですよ」

「それだけに、見張りでも立っていたら、すぐ場所はわかる」

土門は作業服を身につけ、伊達眼鏡をかけた。

「気をつけてください。普段の歩き方に特徴がありますから」

「そうかなぁ」

「尊大な歩き方をしています。では、後ほど」

姜が部屋を出ていった。日本軍の戦闘服は着ているものの、女性ということである程度自由には動けるだろう。

ロシア兵はおそらく食堂に固まっているはずだ。地階をロックダウンできればそれに越したことはないが、そんなに甘くはないだろう。そのためのトロイの木馬作戦でもあったが。

台風は列島に上陸して吹き荒れていたが、勢力は弱まっていた。五分単位で風は弱まっている。

列島中が停電したまま夜に入ろうとしていたが、本当の脅威と恐怖はこれからだ。


銭将軍は、ロシア兵と接触する可能性がある地下一階の兵士たちには何も知らせず、晩飯の準備をしろと命じた。

地下二階に避難していた兵士たちには各中隊ごとに武装し、銃にマガジンを装着するよう伝えた。そして、各中隊長を一室に集め訓辞した。

――いよいよ〝盗まれた中国〟を取り戻す瞬間がきた！　だが、それを妬む者がいる。ロシア兵はわれわれを妨害するだろうから、先に排除する。

まずは五個中隊一〇〇〇名で駆け上がり、それで駄目なら次の一個大隊で仕掛ける。ロシア兵が食事をはじめた時がチャンスだ。

この天気で、今日の新たな差し入れは無い。そのため、彼らは戦闘糧食を食べるはずだ――。

銭将軍は彼らを油断させるため、わざと地下一階で鍋を煮て、匂いを立ち上らせるよう命じていた。


そして南北五箇所の階段から一斉に兵を上げさせた。正面のフロアをあっという間に制圧し、階段を駆け上って食堂へと上がる。

だが相手もさすがにスペツナズだ。先頭が上がり切らない前に反撃がはじまった。銃声と怒号が交錯し、酷い乱戦となった。

リザードこと田口芯太《たぐちしんた》一等水兵とヤンバルこと比嘉博実《ひがひろみ》一等水兵は、正面ホールの外で土門が乗り捨てた一〇式戦闘装甲車のキャビンにいた。

それこそがトロイの木馬だった。

「食堂に味方はいないだろうな？　民間人とかも」

運転席に移ったチェストこと福留弾《ふくとめだん》兵曹長が呟いた。

「もしいたら、姜少佐から合図があることになっています。派手にいきましょうや」

比嘉がキャビンで多目的榴弾ミサイルの電源を入れながらそう言った。

「いいのかよ、そんなのぶっ放して。施設に震動を与えちゃならないんだろう？」

「対戦車砲じゃないですから、たいした衝撃にはならんでしょう」

福留はエンジンをかけると、装甲車を一気にバックさせた。比嘉が狙いを定めてトリガーを絞ると、七〇ミリ・ロケット弾を改造したミサイルが飛び出していく。一瞬風にふらついて大きく針路が逸れたが、すぐ修正した。

窓ガラスに命中し爆発する。それで風速七〇メートルまでは耐えられるはずの食堂の強化ガラスが全部割れた。ここへ向けて、続けて三発を撃ち込む。

ロシア軍の抵抗はその後も続いて、こちらにも撃ってきた。田口が三五ミリ主砲で建物の壁ごと吹き飛ばして黙らせる。

戦闘は、二〇分ほどで終わった。

ほんの一個小隊の負傷兵が残っただけで、ロシア側は、ガガーノフ少将以下全員が戦死した。

スペツナズ部隊を率いていたボロディン大佐も、食事中だったウリヤノフ博士も死亡した。

それから、消火と後片付けと捜索活動が開始される。地下施設に避難した日本の空挺旅団には、何が起こっているのか一切知らせなかった。

彼らにはこの戦闘を知る術が無かった。何しろ地上階での銃声は、そこまでは響かなかったからだ。

風はさらに収まりつつあった。食堂の窓は破壊されていたが、正面フロアまで雨が吹き込むこともない。

ここで、神住史朗少将が引きずり出されてきた。しかし、想像していた投降とは違っていた。

彼は右手にライターを持ち、左脇に口が開いたドラム缶型のケーシングを抱えていた。

ケーシングから、何かがポタポタと垂れていた。ガソリンだ。

彼を包囲する部隊の士官らが「下がれ！　下がれ！」と怒鳴る。ガソリンに火が点いたら爆発的な燃焼を起こすのだ。すぐに消火器を取りに何人もの兵士が走り出す。

作業服姿の土門が、その背後から出てきた。

「少将、君はそれが何かわかっているんだよな」

「あなたは、どうです？」

「知っているとも。〝フォグバンク〟だろう？　相模原でたまたまメンテ中だった核兵器の弾頭から君が拝借してきた。すぐに手に入るものは、それしかない」

「ああ、そうだ。潜水艦から核ミサイルを取り出し分解したとしても、ここへ持ってくるには丸一日かかる。その頃には日本の原発も、海沿いにある火力発電所も全部津波で止まるだろう。復旧には一週間以上かかるだろうから、その間にシンクは地球を食い尽くすぞ！」

「君が持っているそれで、全人類どころかいくつもの宇宙を救える。歴史に名前を残せるんだがな」

「いいや、私は全人類のために正しいことをする！　あんたは、中国が覇権を握った世界で暮らしたいのか？　中国人にへこへこ頭を下げて暮らしたいと思うか⁉」

「それは、物の見方によるな。どの道、日本は衰退する。それは、中国のせいではない。誰のせいでもないが、歴史とはそういうものだ。私は高望みはしない」

　ピストルを構えたリザードがホールの入り口に立って狙いを定めていた。

「どうだ、リザード――」

「不可能《ネガティブ》です。着火します！」

「あんたは知らんだろうが、この〝フォグバンク〟は熱に弱い。火が点いたら、あっという間に燃え尽きる」

「では、君はどうしたいんだ？　この後、施設が停電するまで半日とか、ひょっとしたら一日、ここで粘るのか？　君に睡魔が襲った瞬間、四方八方から消火器が発射される。火を点けている暇など無い。俺はそれでもいいぞ。人間の緊張感なんてのは、そう長続きするものじゃないんだからな」

「そんなの、知っているさ！」

　ここで神住の右手が動いた。ライターが着火する前に、気化したガソリンに引火して全身が炎に包まれる。

　ドラム缶の中で、何かが燃えていた。

　孔博士が兵士の後ろで「何てことを！」と絶句した。消火器が噴霧されるが、手遅れだ。

「大丈夫――。まだ、まだ手はある。所長、すぐにシステムを起動してください！　津波の第一波まで時間がない。もう一時間もありません」

「しかし、〝フォグバンク〟が必要なのでは？」

「来ます。間に合わせますから！」

地下三階のコントロール・ルームでは、すでに日影と萌がコンピューターに必要諸元の入力作業を進めていた。

「萌さん、あなたは過去へ戻れると思いますか?」

日影は、作業の手を休めて尋ねた。

「そうですね。時間子、時空子……あるかしら。私たちの世界でも、誰かが過去に戻ったという証拠は見つけられなかった。できるかもしれないけど、まだまだ数世紀先の話じゃないかしら」

「僕は未来を見たいとは思わないのです。それよりも、過去の歴史にこそ魅力を感じる」

「ええと、それは維新《いしん》とか戦国時代?」

「そうですね。行けるなら行ってみたいな」

「つくづくあなたは、変わってるわね」

暗闇の中で、津波の第一波が迫ってきた。

高さ二〇メートルを超える大津波が福島原発を襲い、防潮堤を易々と乗り越えて建て屋の敷地内を襲った。

海水は地下の非常電源装置に入り、水浸しにした。陸上からの送電が途絶えたのは、嵐で鉄塔が倒れた後だった。

だが最後の頼みの綱、屋上に上げた非常電源車は生きていた。それぞれの原発建屋の屋上で、スクラムする六基の原子炉と燃料プールを冷やし続けた。

〝響〟の地上では、CHのローター音が響いてくる。ケーシングを抱えた司馬大佐がそこから降りてきた。

「海軍はよく譲ってくれましたね」と、土門が出迎えた。

「まさか!　こういうのにいったいどれだけ厳しい基準があるかご存じでしょう。あなたが派遣した外人部隊の銃口が物を言ってくれました。ただし、弾頭はいらんからそのフワフワのエアロゲルだけよこせと言ってもらってきたんです」

土門は、そのケーシングを孔博士に手渡す。

「実はシンクが出現する直前に、原潜が一隻整備に入ってましてね。弾道弾を陸揚げしていた。いつもなら相模原に運んで弾頭部は陸軍が預かって整備するのですが、それどころじゃなくなり、横須賀で管理されていた。でも肝心のヘリが飛べない可能性はありましたけどね。これは、ギャンブルだった」

孔博士は、ケーシングを開けてエアロゲルを見た。本体にはネットが被せてある。それほど軽いのだ。ほとんど透明で、マグライトを当ててみてようやくそこに何かの半透明な物質があることがわかる。奇っ怪な代物だった。

全員でコントロール・ルームに降りた。

「娜娜、これはどこに置けばいいんだい？」

「適当な場所でいいわよ。デーモン素粒子は勝手に探して反応するから」

通信ケーブルを地上から降ろすと、外との通信回線が回復した。

東京が水没していた。モニターにそれが映し出されると、皆呆然とした。

津波の第一波は、すでに新宿《しんじゅく》副都心まで到達している。高層ビルが波間に浮かんでいた。

そして福島原発の六基の建て屋も、完全に水中に孤立していた。

ドローンが、その原発の暗視映像を研究施設にも送ってよこした。六基の建て屋は今にも水没しそうだ。壁が何カ所も崩れ、屋上も水を被っているようだ。

救命胴衣を着て波間に揺れる作業員たちも見えた。すでに救難ヘリが向かっているが、間に合いそうにもなかった。

「ありがとう、福島原発の諸君！　君たちの犠牲は、決して忘れない」

土門は瞑目《めいもく》した。

「先生方、急いだ方がいい！　送電ケーブルを這わせた陸側が津波に削られはじめた。あまりもたないぞ」

日影が「再計算した。特にミスはないと思う」と言うと、萌がキーボードから手を離して立ち上がり、父親の手を取った。

「……お別れよ、パパ」

「ああ。元気でな、幸せになってくれ！」

それから孔博士は原田に向き直ると、深々と一礼した。

「娘を、よろしく頼む」

それを横目で見ていた土門が「いいですか、所長」と名越に声をかけた。

「トンネル内無人確認、安全確認完了、オール・クリアです」

名越所長が赤いレバーに被さるカバーをあげると「さあ、孔博士」と勧めた。

頷いた孔博士がレバーに手を乗せ、その上から萌が手を重ねる。

サイレンが鳴ると、そのレバーをゆっくりと二人で押し上げた。

孔博士の姿は、そのレバーが上がり切る前に消えていった。


F－3戦闘機を操縦する神隼斗中佐は、翼下ミサイルの全弾を撃ち尽くしていた。いよいよこれからステルス戦闘機本来の戦いができる。

幸い雲は消え、陸上基地にはいつでも着陸できる。しばらくは戦闘が継続できそうだった。

すると、正面から超音速で突っ込んでくる編隊を前方赤外線監視装置が捉えた。だがレーダーには映っていない。ロシアのステルス戦闘機かと思ったが、「J－20だ」と頭に浮かんだ。

眼下を見下ろすと、ようやく対馬海峡を越えて空母〝加賀〟が日本海に入ろうとしていた。

しかしほんの一瞬、モニターが歪んだかと思うと、別の船が映った。

強襲揚陸艦だ。射出カタパルトがない船だ。だからそう思ったが、モニター上には、ＤＤＨ－kagaと出ている。

神は眼をぱちくりさせた。顔を上げると、さらに驚いた。今操縦している自分の戦闘機のコクピット・レイアウトがまるで違う。馴染んだＦ－３のそれでは無かった。

しかも燃料警告灯が鳴っている。挙げ句に、左のパワーレバーが一本しか無かった。つまりシングル・エンジンだ。

この奇妙な形状のパワーレバーを見たことがある。Ｆ－35Ｂ戦闘機だ。自分は、燃料が尽きかけたＦ－35Ｂに乗っているのだ！

いったい、どういうことだと思ったが、着陸が先だ。

神中佐はただちに緊急事態《エマージェンシー》を宣言して、ヘリ空母〝かが〟を目指して高度を落とした。


土門は、軽いまどろみの中から目覚めた。机にもたれかかったまま、一瞬うたた寝したような感じだ。

目を開くと、辺りはまだ夕暮れだった。見渡す限りの平原、いや、耕作地帯だ。

皆がそこにいた。羅門博士、日影博士、司馬さんと榎田萌も。部隊の面子も、全員無事に揃っているように見えた。

「おい、ファーム。ここはどこだ？」

「奥州は平泉です。もっとも、平泉市ではありませんが」

そう言って畑曹長は、辺りを見渡した。

「おたくの畑は、この辺りにあるの？」

畑は右手で指さした。

「そこから……ここまでです。親父がもっていましたが、今は叔父《おじ》が継いでいますよ。ほら、あそこのハウスに夫婦が見えるでしょう。あれが叔父夫婦です」

「すまないけどさ、車とか手配できるかな？　近隣の駐屯地までは遠いよね」

「同級生が麓で温泉旅館を経営してます。口が硬い奴ですから、マイクロバスを出させましょう」

ここは三六〇度、畑しか見えない。

一キロほど向こうに、何かの大きな立て看があるだけだ。

「おい、ヤンバル！　あの立て看、読めるか」

「はい、ボス。〝リニア・コライダー誘致を成功させよう！〟であります」

「それ、一兆円とかの端金じゃすまないんだろう？　まあ、無理だよな。こんな貧乏な国じゃ」

俺は正しいことをしたのか……と、土門は自問するしかなかった。

エピローグ

奇妙な病気が流行していた。

世界中で、人々が同時に同じ夢を見るという奇っ怪な病《やまい》だ。

世界の総人口の一割もの人間が、そういう夢をみたとSNS等で発信した。医者は、精神医学上の出来事だと主張したが、物理学者はこれは量子力学的な現象だと言い張った。

だがもちろん、誰にも説明はできなかった。

アメリカではヒラリー・クリントンが大統領となり、イギリスはEUに留まる。そして日本はバブル処理をうまくやってのけたため、その後も順調に経済成長を続けたというあり得ない共同幻想――。

さらに、日本では好景気と少子化対策が効いたおかげで少子高齢化社会にもならず、この三〇年間で過疎地は減り続けた。リニア新幹線は、今では国土の隅々を走っているという。

その病気は、〝マンデラ病〟と名付けられたが、日本ではたちの悪い妄想、もしくはバブル破綻から三〇年を経ても経済運営に失敗し続ける無能極まりない政権への侮辱として受け止められた。

結局政府は、国民の混乱を危惧《きぐ》して声明を出すことを強いられた。

〝日本はバブル破綻の後も順調に経済成長し、われわれは繁栄を謳歌《おうか》している。世界に輝く日本ではないか！〟と。

その後、マンデラ病に罹った多くの日本人が、鬱にも似た虚脱症状に苦しむことになっていった。


土門陸将補は、習志野にある木造隊舎の一番奥の自室に、原田一尉と萌を招き入れていた。

榎田萌改め原田萌は、今日はリクルートスーツのような地味な格好をしていた。

土門は彼女の新しい戸籍と住民票、マイナンバーカード、そして婚姻届受理証明書を原田へと差し出した。

スポーツカムの小さなカメラが、卓上で二人を撮影していた。

「原田君、君はこれでいいんだな」

「はい。彼女に身よりはないし、中国政府に引き渡すわけにもいきません。追い出したら、中国大使館に駆け込むと喚きますし」

「のろけはいいからさ……」

「のろけてなどいません！」

原田が真顔で抗弁するが、萌はこの状況を存分に楽しんでいる表情だった。

「それで萌さん、われわれは、君の存在を忘れるんだな」

「はい。おそらく一週間、長くても二週間後には私が誰かを綺麗に忘れることでしょう。そうですね――ある夕方、ダーリンが晩ご飯のお弁当をコンビニで買って官舎に帰ると、エプロンをしてキッチンに立つ私を見つける。部屋を間違えたと『すまない』と言って慌ててドアを閉める。でもやはり自分の部屋だと気づき、もう一度ドアを開けて『どなたですか』と私に尋ねるんです。呆然とした顔でね。愉快でしょう？　それで私は、婚姻届のコピーを彼に見せると、食べながらお話しましょうと彼にキスをする。彼は翌日ここにきて、一連の事態を土門さんに話すけど、もちろんあなたも記憶が消えているから、その女を連れてこいということになる。私はここに来て、そしてこう言うんです。『その古めかしい金庫の中に、ここで撮影した動画のメモリーカードが仕舞われている。もしあなたが私に関しての記憶を呼び覚ます必要があるなら、それを再生してください』と。でも土門さんは、あれは開かずの金庫だから自分がその情報をそこに仕舞ったのであれば、あえて知る必要のない情報だと納得し『事情は知らないが、せっかく所帯をもったのならさっさと子作りに励め』とわれわれを追い返すんです」

「うん……。まあ、そうなるんだろう。一応、断っておくが、子作り云々はセクハラ、パワハラなんだそうだ。俺は構わず言うけどな。子孫繁栄あってこその天下国家だ！　それで、あなたはあちらの世界の記憶は忘れないんでしょう？」

萌は、そこでカメラを停止させた。

「はい。私の頭にはノーベル賞を三、四〇個もらえるだけの知識が入っています。向こう四半世紀にこの世界で書かれる物理学論文の七割には私の名前が参考論文として記述されるだろうし、不老不死や癌の征圧に関わるターニング・ポイントとなる医学知識や、軍事科学のブレイク・スルー技術がびっしりと詰まっています。私が協力すれば、核融合炉は三年以内に実用化できます。おそらく、この世界の科学技術研究を四半世紀分一挙にブーストできる」

「それは大事だ……。もちろん、結婚するからには子作りに励んでもらうとして、それでは人生退屈するだろうから予備校の講師くらいは認める。間違っても大学の教壇には立たないように」

「たまにカブリ研に遊びにいってていいでしょうか……」

この発言に、土門が白目を剝いて仰け反った。

「冗談ですよ。大人しくして過ごします。でも、いつか中国の両親の墓参りをさせてください」

「そのくらいはさせてやらんとな」

土門は便箋《びんせん》に北京語で「将来、原田君の奥方の墓参りを許可すべし」と書いて、それを引き出しの二番目に入れた。

「その時期がきたとあなたが判断したら、私に言ってくれ。ここにそれを許可する自筆のメモが入っているとね。それと、原田君の北京語は正直酷い。……司馬さんが九州に行ってからというもの、うちの部隊の北京語はちっとも上達しないんだが。彼にみっちりと仕込んでくれ」

「わかりました」

「ところでその、軍事技術をブーストする最新テクノロジーだが」

「ええ。いつでも協力します。でも将軍は、来週にはそんなやりとりをしたことも忘れることでしょうね」

「だろうな……」

土門は、深々とため息を漏らした。

「どうかなさいました、ボス」

原田がそう口を開いた。

「大丈夫かって？　俺たちが救ったこの世界の体たらくは何だ！　三〇年不況に沈み、昇龍中国の膨張を止める術もないとは……。世界は混乱の極みにあったが、戻った先が本当の地獄だったなんて。……救う価値はあったのか？」

「国は救えなかったけれど、私たちはそれぞれの人生を救ったのですよ。誇りに思ってください」

萌が笑顔で言った。土門は、スポーツカムからメモリカードを抜いて茶封筒に入れ「原田君奥方の件」と認めて金庫に入れた。

「さあ、この話は終わりだ。新婚生活を楽しめ。あんなに苦労して得たのが原田君の新妻ひとりというのは何だが、それはそれで良しとしよう。ハネムーンとかはもう考えかたね？」

「はい。彼女が信州の温泉巡りをしたいというので……」

原田は、休暇申請書を出した。

「許可する。土産《みやげ》は野沢菜《のざわな》でいいぞ」と土門がサインしてハンコを押した。

その後、二人はハネムーン初日を野沢温泉で過ごし、レンタカーを借りて信州の高原を飛ばした。

一面牧草地の平原に出ると、道路脇にぽつんと一軒屋が見えてくる。ポプラに囲まれている駐車場は広く、大型バス四、五台は止められそうだ。

二人はハネムーンに出発する前、神保町《じんぼうちょう》の雑居ビルに出向き、怪しげな月極ロッカーからボストンバッグを一つ回収していた。中には、札束がびっしりと詰まっていた。

あちらの世界から、こちら側にきた人間が何かのトラブルに見舞われた時の緊急資金として預けられていたものだ。

車を降りてエンジンを切ると、辺りは静かになる。時々小鳥のさえずりが聞こえるぐらいだ。

遥か彼方には、北アルプスの稜線が見えた。

「ダーリンは、あの山々の名前を全部知っているのよね」

「ああ。航空自衛隊救難隊員として全ての山を登ったし、訓練では六〇キロのマネキンを背負って登りもしたよ。今日は眺めがいい。ほら、この方角に見えるのが常念岳《じょうねんだけ》。そのちょっと左側奥に尖ったペン先みたいのが覗いているよね。あれが有名な槍ヶ岳《やりがたけ》だ」

原田は、萌を後ろからそっと抱きしめながら槍ヶ岳を指さした。

「子供ができたら、一緒に登る？」

「冗談じゃない！　二段ベッドより高いものには登らせないよ」

家の中に入ると空気が淀んでいた。窓を全開にして空気を入れ換える。

「土間は無駄に広いし、大広間は二〇畳はありそう。ここ、普通の住宅には見えないけど」

「バブル時代に、この辺りで土地をもっていた農家が、公民館を兼ねて自費で建てたらしい。さすがにこの空間は、住宅としては持て余すだろうな」

「こんな家、良く探せたわね」

「松本連隊の知り合いに頼んだ」

車のエンジン音が近づいてきて、駐車場に入るのがわかった。

降りてきた男女が怖々とした表情で家の中に入ってくる。

「井口さん、香菜さん！　私たちのこと、覚えていますか」

萌が二人に聞いた。

「ええと、どこかでお会いしていると思いますが。どこだったかしら……」

「お二人には、とてもお世話になったんです。ここに、この土地と家屋の権利書があります。香菜さんの名義になっています。それと、ここを古民家風のレストランに改装するための費用として、いくらかのキャッシュも用意しました。われわれのお礼の気持ちです。どうぞ受け取ってください」

「あの、どうして……」

香菜は、意味がわからないという顔をした。

「お二人は、それだけの貢献をしてくれたんです。本当は国家からのお礼として差し上げるべきだけど、それはちょっと無理そうだから、私個人からのお礼です。無事にパスタ屋を開店できたら、いつかまた訪ねますね」

萌は、家の鍵を井口に手渡した。

「お元気で、そしてお幸せに――」

そう言うと、二人はレンタカーに戻り、その場を後にした。

「――デーモン素粒子は、この世界を破壊しかけた末に、君を本来の宇宙に戻して、たった二人の男女を救った。そういうことかな?」

「そういうことね。素粒子って、本当に気まぐれなのよ。ねえ、上高地《かみこうち》って遠いの?」

「ここまでくれば、もうすぐだよ。でもあの辺りのホテルは、たぶんもう一杯だと思うよ」

「そのためにテントや寝袋を持ってきたんでしょう」

「ああでも、上高地の高度で寝るには、ちょっとあの寝袋は薄いかもしれない」

「私なら心配無いわ。ダーリンの腕の中で寝るから」

原田は助手席に座る妻に微笑みかけると、サングラスをかけてアクセルを踏み込んだ。

二人の人生は、いまはじまったばかりだった――。

〈完〉

ご感想・ご意見は
下記中央公論新社住所、または
e-mail：cnovels@chuko.co.jpまで
お送りください。

C★NOVELS

オルタナ日本《にっぽん》　下《げ》
――日本存亡《にっぽんそんぼう》を賭《か》けて

2020年7月25日　初版発行

著　者　大石《おおいし》　英司《えいじ》

発行者　松田陽三

発行所　中央公論新社
〒100-8152　東京都千代田区大手町1-7-1
電話　販売 03-5299-1730　編集 03-5299-1930
URL http://www.chuko.co.jp/

DTP　平面惑星

印　刷　三晃印刷（本文）
大熊整美堂（カバー・表紙）

製　本　小泉製本

Published by CHUOKORON-SHINSHA, INC.
Printed in Japan　ISBN978-4-12-501417-3 C0293

覇権交代 1
韓国参戦

大石英司

ホノルルの平和を回復し、香港での独立運動を画策したアメリカに、中国はまた違うカードを切った。それは、韓国の参戦だ。泥沼化する米中の対立に、日本はどう舵を切るのか？

ISBN978-4-12-501393-0 C0293　900円

カバーイラスト　安田忠幸

覇権交代 2
孤立する日米

大石英司

韓国の離反がアメリカの威信を傷つけ激怒させた。また韓国から襲来した玄武ミサイルで大きな犠牲が出た日本も、内外の対応を迫られる。両者は因縁の地・海南島で再度ぶつかることになり？

ISBN978-4-12-501394-7 C0293　900円

カバーイラスト　安田忠幸

覇権交代 3
ハイブリッド戦争

大石英司

米中の戦いは海南島に移動しながら続けられ、自衛隊は最悪の事態に追い込まれた。〈サイレント・コア〉姜三佐はシェル・ショックに陥り、この場の運命は若い指揮官・原田に委ねられる――。

ISBN978-4-12-501398-5 C0293　900円

カバーイラスト　安田忠幸

覇権交代 4
マラッカ海峡封鎖

大石英司

「キルゾーン」から無事離脱を果たしたサイレント・コアだが、海南島にはまた新たな強敵が現れる。因縁の林剛大佐率いる中国軍の精鋭たちだ。戦場には更なる混乱が⁉

ISBN978-4-12-501401-2 C0293　900円

カバーイラスト　安田忠幸

表示価格には税を含みません

覇権交代５
李舜臣の亡霊

大石英司

海南島の加來空軍基地で奇襲攻撃を受けた米軍が壊滅状態に陥り、海口攻略はしばらくお預けに。一方、韓国では日本の掃海艇が攻撃されるなど、緊迫が続き——？

ISBN978-4-12-501403-6 C0293　980円

カバーイラスト　安田忠幸

覇権交代６
民主の女神

大石英司

ついに陸将補に昇進し浮かれる土門の前にサプライズで現れたのは、なんとハワイで別れたはずの《潰し屋》デレク・キング陸軍中将。陵水基地へ戻る予定を変更し海口攻略を命じられるが……。

ISBN978-4-12-501406-7 C0293　980円

カバーイラスト　安田忠幸

覇権交代７
ゲーム・チェンジャー

大石英司

“ゴースト”と名付けられた謎の戦闘機は、中国が開発した無人ステルス戦闘機“暗剣”だと判明した。未だにこの機体を墜とせない日米軍に、反撃手段はあるのか⁉

ISBN978-4-12-501407-4 C0293　980円

カバーイラスト　安田忠幸

覇権交代８
香港ジレンマ

大石英司

これまでに無い兵器や情報を駆使する新時代の戦争は最終局面を迎えた。各国がそれぞれの思惑で動く中、中国軍の最後の反撃が水陸機動団長となった土門に迫る⁉　シリーズ完結。

ISBN978-4-12-501411-1 C0293　980円

カバーイラスト　安田忠幸